Souffrance
en France

Christophe Dejours

Souffrance en France

La banalisation de l'injustice sociale

ÉDITION AUGMENTÉE
D'UNE PRÉFACE ET D'UNE POSTFACE

Éditions du Seuil

Cet ouvrage a été publié
sous la direction de Danièle Guibert.

ISBN 978-2-7578-4198-3
(ISBN 978-2-02-032346-8, 1re publication)

« La fureur n'est en aucune façon une réaction automatique en face de la misère et de la souffrance en tant que telle ; personne ne se met en fureur devant une maladie incurable ou un tremblement de terre, ou en face de conditions sociales qu'il paraît impossible de modifier. C'est seulement au cas où l'on a de bonnes raisons de croire que ces conditions pourraient être changées, et qu'elles ne le sont pas, que la fureur éclate. Nous ne manifestons une réaction de fureur que lorsque notre sens de la justice est bafoué ; cette réaction ne se produit nullement parce que nous avons le sentiment d'être personnellement victime de l'injustice, comme peut le prouver toute l'histoire des révolutions, où le mouvement commença à l'initiative de membres des classes supérieures qui conduisit à la révolte des opprimés et des misérables. »

Hannah Arendt,
Crises of the Republic, 1969

Préface

Les données descriptives sur l'évolution du rapport au travail dans l'entreprise néolibérale pouvaient susciter un certain scepticisme lorsque ce livre a été publié. Dix ans plus tard, ces données sont largement confirmées. La situation s'est aggravée, parce qu'aucune mesure n'a été prise ni en France ni à l'étranger pour favoriser, en matière d'organisation du travail, les choix qui pourraient être nettement moins délétères pour la santé mentale de nos contemporains.

Dans tous les pays du Nord, les enquêtes montrent que la santé mentale au travail continue de se détériorer et que cela entraîne des coûts exorbitants (3 à 6 % du PIB, selon les statistiques établies dans chaque pays).

Mais les conséquences des nouvelles formes d'organisation du travail ne se font pas sentir qu'à l'intérieur de la sphère de l'entreprise. La dégradation du rapport au travail a des conséquences bien au-delà sur toute la population, y compris sur les jeunes gens qui ne travaillent pas encore, sur le rapport des enfants à l'école et à la formation, sur ceux qui ont perdu leur emploi, sur ceux qui sont condamnés à la précarité, sur ceux qui vivent dans les quartiers où personne n'a plus d'emploi depuis des lustres, sur les proches et les enfants qui doivent vivre pendant des années avec des adultes mentalement cassés par leur rapport au travail. La cité tout entière est touchée par ces nouvelles formes d'organisation du travail qui créent une pauvreté croissante et génèrent, chez ceux qu'elles excluent du système, un ressentiment aboutissant à la formation des nouvelles formes de violence sociale qui détériorent la vie ordinaire dans les villes et leur périphérie.

C'est précisément parce que l'organisation du travail ne concerne pas que l'entreprise, mais implique l'évolution de la cité, qu'a émergé le concept de « centralité du travail ». Et c'est pour cette même raison que l'organisation du travail mérite d'être considérée comme une *question politique* à part entière.

Ce livre a pour objectif de mettre en évidence le rôle qui revient au travail et à son organisation dans l'évolution de nos sociétés. En dépit de l'évolution sensible que nous avons vécue depuis dix ans, rien de ce qui est décrit dans ce livre n'est obsolète, ni forclos. Du point de vue de l'état des lieux, non seulement les faits sont confirmés, mais l'aggravation est indéniable – les suicides jusque sur les lieux de travail en sont devenus l'emblème tragique.

La présente édition reprend le texte initial de 1998 sans changement. Une postface s'efforce de rassembler en quelques pages les principales avancées cliniques et théoriques réalisées dans l'intervalle de ces dix années.

Ce livre toutefois ne doit pas être lu comme une description-type de l'entreprise néolibérale. Même si mention est faite de nombreuses données factuelles recueillies dans des enquêtes de terrain, il ne s'agit pas d'un compte rendu ethnographique. L'objectif du livre est autre. Il est essentiellement théorique : comment comprendre la tolérance de nos sociétés à une évolution de l'organisation du travail qui d'un côté génère un enrichissement extraordinaire de ces pays en quantité et en rapidité, de l'autre fait surgir une pauvreté et une misère effarantes avec leur cortège de malheurs de toutes sortes, de pathologies individuelles et de violences collectives qui évoquent tantôt le retour au capitalisme sauvage du XIXe siècle en Europe, tantôt les formes spectaculaires de violence sociale dont les mégalopoles d'Amérique sont coutumières depuis la deuxième moitié du XXe siècle ?

Soulignons-le encore : le problème principal ici posé est celui de la tolérance incroyable de nos contemporains au progrès de l'injustice sociale en régime libéral. Ce livre se situe délibérément en rupture avec les approches fonctionnalistes qui dominent très largement le paysage intellectuel : il conteste fermement la thèse selon laquelle l'évolution à laquelle nous assistons serait inexorable ; qu'elle serait le fait d'une logique endogène propre au système, c'est-à-dire propre à l'économie, au marché, à la mondialisation, au système financier international…, à la guerre économique, en somme, qui s'imposerait comme une fatalité, contre laquelle on n'aurait d'autre choix que triompher ou périr.

L'analyse critique proposée dans ce livre s'appuie sur des faits qui n'ont pas été contestés depuis sa parution. Ces faits sont en effet difficilement récusables parce qu'ils sont produits par une méthode d'investigation puissante : *la clinique*. Plus précisément par la clinique du travail, pratiquée selon la méthodologie de *la psychodynamique et de la psychopathologie du travail* dont les bases ont été jetées à la fin des années 1970 (Dejours, 1980-2007) et qui a permis de décrire dans le détail les processus subjectifs individuels et les stratégies collectives mobilisées par la rencontre avec les contraintes de travail.

En revanche ce qui ne relève pas des faits seulement, mais de l'analyse théorique a, depuis dix ans, été prétexte à de nombreuses controverses en France et à l'étranger. Pour des raisons qui tiennent aux insuffisances inévitables de la science et de la technique, l'organisation effective du travail a, et aura, toujours besoin du *travail vivant* pour faire face à la résistance que le réel oppose à la maîtrise réglée du procès de travail. Tout système, toute organisation, toute entreprise a, et aura toujours, besoin du génie de l'intelligence au travail pour fonctionner. C'est pourquoi on peut affirmer que l'entreprise néolibérale et le système économique lui-même ne fonctionnent jamais par l'opération de leur seule logique interne. Il y faut l'appoint du travail vivant. Mais le travail vivant repose sur la liberté de la volonté. Force est donc d'admettre que le système néolibéral, même s'il fait souffrir ceux et celles qui travaillent, ne peut maintenir son efficacité et sa stabilité que grâce au consentement de ceux-là et de celles-là qui le servent.

En d'autres termes, ce livre procède à l'examen des voies spécifiques qu'emprunte la servitude volontaire dans le contexte du système néolibéral. Et c'est aussi la raison pour laquelle il a soulevé des controverses et suscité des critiques acérées. Beaucoup d'auteurs, qui s'efforcent aussi, de leur côté, de tenir des positions critiques, contestent radicalement que les gens qui souffrent aujourd'hui des nouvelles formes d'organisation du travail puissent en même temps être pour une part les artisans du succès de ce système qui les broie*.

* C'est pourquoi, contrairement à certaines lectures critiques de l'ouvrage, ce texte non seulement n'apporte aucun élément en faveur d'une quelconque apologétique victimologique, mais il y est exactement opposé. Il en sera d'ailleurs à nouveau question dans la postface.

Et pourtant, c'est bien ce que suggère ce livre, en raison justement des spécificités du travail. Le travail vivant, en effet, et l'intelligence au travail, dont l'organisation du travail ne peut pas se passer, se nourrissent non seulement de la liberté de ceux-là mêmes qui offrent leur contribution, mais exigent presque toujours le courage d'enfreindre les prescriptions, de « tricher »... pour bien faire précisément ! Comme le souligne B. Ogilvie, la théorie du travail montre que, dans son principe même, le travail implique la mobilisation d'un génie subversif qui est inséparable du zèle au travail (Ogilvie, 2008a et b).

Les implications de ce livre portent d'abord sur l'analyse classique de la servitude volontaire individuelle, dans la mesure où l'argumentation, s'appuyant essentiellement sur l'analyse clinique du rapport subjectif au travail, permet de révéler le détail de cette intelligence, dans ce qu'elle a de plus *individuel*.

Mais la clinique va au-delà du niveau individuel. Et il est possible d'analyser ce dont l'organisation du travail est redevable à *l'intelligence au pluriel*. C'est-à-dire à la *coopération*. La mise en commun des intelligences, le zèle collectif ne se décrètent pas. Ce qui est prescrit, ce sont la coordination, les ordres, les consignes portant sur le « travailler ensemble ». Mais, là encore, si chacun était strictement discipliné et obéissait, le système tomberait en panne. Le travail collectif ne réussit que lorsque ensemble les membres d'une équipe ou d'un collectif de travail ont réussi à subvertir les prescriptions de la *coordination*, pour inventer des règles spécifiques qui, en s'articulant, forment cette construction extraordinaire qu'on appelle *coopération*. Montrer que la coopération repose sur une intelligence collective qui s'exerce d'abord et avant tout dans une activité déontique (c'est-à-dire une activité de production de règles), voilà qui ouvre de nouvelles perspectives théoriques. Le travail, dès lors qu'il est collectif, implique un espace de subversion des ordres (la coordination) pour produire des règles dont on va montrer qu'elles peuvent être mises au service de l'émancipation. Ce qui rend d'autant plus surprenant le consentement à subir la domination. Et ce retournement de la raison trouve peut-être, dans les formes du travail contemporain, des instruments que ce livre, précisément, s'efforce de mettre au jour.

C'est sans doute pourquoi cet ouvrage a aussi été à l'origine de controverses sur la place qu'il conviendrait d'accorder au travail dans une théorie critique de la société (J.-P. Deranty, 2007).

La discussion avec les héritiers de l'École de Francfort, en particulier avec Axel Honneth, vient de ce que ce livre, en analysant les ressorts subjectifs de la soumission et de la discrimination, convoquait en particulier la thématique de la reconnaissance et du déni de réalité. La discussion, initiée il y a vingt ans par A. Cottereau, suggérait que le *déni de réalité* (déni de la réalité du travail et de la contribution du travailleur à l'organisation) se situe en amont du *déni de justice* (Cottereau, 1987, 1988). La clinique de la reconnaissance et du déni, qui s'organise dans ce qu'on appelle « psychodynamique de la reconnaissance » (Dejours, 1993) a pu être mise en débat avec la théorie de « la lutte pour la reconnaissance » de Honneth (1992), grâce en particulier à Emmanuel Renault (Renault et Sintomer, 2003 ; Renault, 2002, 2007, 2008).

Au-delà des discussions sur la reconnaissance *stricto sensu*, le problème posé par ce livre est celui de la « centralité politique » du travail : thèse légitime ou illégitime ? Le débat a été lancé à propos du rapport entre travail et émancipation, au cours d'une rencontre organisée à Sydney par J.-P. Deranty et N. Smith en 2007 (« Work and Recognition theory ») (Center for Research on Social Inclusion, 2008) en reprenant un texte programmatique de Honneth datant de 1980, qui proposait de réintégrer le travail comme concept critique, ce à quoi avait renoncé Habermas, et qu'avait aussi récusé Hannah Arendt dans *The Human Condition*.

Je n'irai pas plus loin dans l'analyse, il s'agit, pour l'instant, seulement d'indiquer quelques orientations prises par les controverses occasionnées par la publication de *Souffrance en France*.

Il convient toutefois de faire place ici à une deuxième série de controverses qui concernent cette fois les références faites dans mon texte au nazisme, au stalinisme, à Eichmann et à la banalité du mal selon Arendt.

Malgré un certain nombre de précisions qui figurent dans le livre, quelques commentateurs n'ont pas évité de dénoncer un supposé amalgame que j'aurais fait entre l'entreprise néolibérale et les camps de concentration de l'Allemagne nazie. Dans cet ouvrage, pourtant, il n'est pas une seule fois question des camps, mais seulement du totalitarisme. Dès la page 24, j'indique que le problème est de savoir comment établir la ligne de partage entre totalitarisme et néolibéralisme. On retrouvera des précisions, qui ne sont pourtant pas ambiguës, sur la distinction qu'il convient de faire entre les deux régimes de fonctionnement aux pages 154, 182-183, 197, 199-200.

Mais puisque cela ne semble pas suffisant, je reviens sur le contexte dans lequel le texte a été écrit. La clinique du travail à laquelle j'étais alors confronté sur le terrain de mes enquêtes faisait de moi un témoin non seulement de souffrances ahurissantes (qui commençaient seulement alors à générer des suicides jusque sur les lieux de travail), mais aussi d'un cynisme et d'une détermination chez les cadres et dans les directions d'entreprise qui avaient de quoi impressionner le médecin que je suis. Le « mal » était indiscutablement à l'ordre du jour, avec cette particularité d'y apparaître sans travestissement, sans « complexe ». Les critiques sur l'emploi que j'ai fait du terme ont été nombreuses, on s'en doute. Le plus souvent ironiquement parce que, dans le parisianisme ambiant, évoquer le mal ne peut être que le fait d'un attardé qui n'a pas compris que le « réalisme économique » se situe bien entendu au-delà du bien et du mal ! Mais j'avais besoin de ce concept pour pouvoir discuter la thèse de la « banalité du mal » d'Arendt, et surtout pour avancer l'idée d'une « banalisation » du mal dont mes détracteurs étaient, il faut bien l'admettre, souvent les témoins placides. Ce que je range dans ce livre du côté du mal (p. 107) est illustré et commenté, et s'inscrit dans la définition du mal que j'emprunte à Pharo (p. 44 et 195).

Mais revenons au contexte de cet ouvrage : la progression du système néolibéral, les dégâts humains engendrés en son nom et le consentement de la majorité d'entre nous à apporter notre contribution à son succès soulevaient la question des limites.

Qu'est-ce qui, dans cette progression, pourra arrêter l'élan du système néolibéral ? La plupart d'entre nous, qui désapprouvions la façon dont les êtres humains sont traités par les nouvelles méthodes d'organisation du travail et de gestion, étions nonobstant complices de son succès. Le système qui produit le mal et le fait passer pour le bien, qu'est-ce donc qui le différencie d'un système totalitaire, en particulier du nazisme ?

Contrairement à ce que prétendent certaines critiques, je ne me suis jamais servi des analyses du totalitarisme pour expliquer le fonctionnement de l'entreprise néolibérale. Et je n'ai jamais écrit un mot qui pût faire entendre qu'il faudrait chercher dans le néolibéralisme un équivalent du système nazi. C'est exactement l'inverse. Je me suis efforcé, en m'appuyant sur la méthode clinique, de mettre au jour les processus en cause dans le consentement à servir un système que l'on réprouve, les processus en cause dans la participation à des actions que moralement on situe du côté du mal. Je pense les avoir identifiés. Et je soutiens que ces processus étaient aussi en cause dans le consentement de la majorité des Allemands à servir le nazisme. En d'autres termes, je pense qu'il est possible de repérer, *in statu nascendi*, les chaînons intermédiaires de la servitude volontaire parmi lesquels il convient de reconnaître le rôle fondamental revenant spécifiquement au travail. Mon analyse ne conduit nullement à interpréter le fonctionnement de l'entreprise néolibérale à partir du système nazi. Au contraire, mon analyse des processus en cause dans l'adhésion aux principes de direction et d'organisation de l'entreprise néolibérale apporte à mon avis une contribution à l'analyse de la collaboration des « braves gens » au système nazi.

Ce que révèle mon enquête sur la servitude volontaire en système néolibéral, c'est que la majorité des gens peut être enrôlée au service d'un système dont pourtant elle désapprouve profondément les méthodes. Et elle montre – c'est ce qui est le plus frappant – que la mobilisation peut être obtenue *sans usage de la force*.

Il y a donc de bonnes raisons pour que le chercheur et le philosophe déclenchent le signal d'alarme.

Sans usage de la force on obtient de la plupart d'entre nous que nous apportions notre concours à un système qui accroît les inégalités et les injustices et inflige la souffrance à autrui jusqu'à provoquer des suicides.

Que n'obtiendra-t-on pas de nous si l'on se met à user de la violence ? Si l'on nous jette en prison parce que nous critiquons le système ? Si l'on nous torture parce que nous organisons la résistance ? Si l'on déporte nos enfants pour nous empêcher de fuir ?

Ce que dit ce livre, c'est que les processus en cause dans le succès du système néolibéral sont *en amont* de ceux qui sont en cause dans le totalitarisme. Ils sont déjà là avant que n'apparaisse le spectre dont je ne sais si nous éviterons qu'il se lève. S'il est utile de publier cette analyse, c'est parce qu'elle peut servir à ceux qui veulent comprendre les ressorts subjectifs en cause dans l'évolution de notre société ; c'est parce qu'elle peut servir à ceux qui veulent penser non seulement la résistance, mais surtout des alternatives à cette évolution.

Ces alternatives existent assurément. Il n'y a pas de fatalité – c'est la contrepartie de la thèse de la servitude volontaire – dans l'évolution actuelle. Des analyses de nature à inspirer des politiques publiques et des orientations autres, en matière d'organisation du travail, ont été proposées au ministre de la Santé en 2005 et ont été publiées en 2007 (Dejours, 2007).

Mais l'heure ne semble pas encore à l'action et nous semblons plutôt enclins à demeurer dans notre élan vers la décadence, si par ce terme on entend la rupture délétère des liens que les hommes se sont efforcés de tout temps de tisser entre le travail ordinaire et la culture.

Septembre 2008

Avant-propos

L'idée s'est très largement répandue selon laquelle planerait sur notre pays[1] une menace d'anéantissement économique. Jusques et y compris chez les scientifiques et les penseurs, on admet que la situation étant exceptionnellement grave il faut bien accepter d'employer les grands moyens, quitte à faire quelques victimes.

Nous serions donc aujourd'hui, si l'on en croit la rumeur, dans une conjoncture sociale et économique présentant de nombreux points communs avec une situation de guerre. À la différence près qu'il ne s'agit pas d'un conflit armé entre nations, mais d'une guerre « économique ». Comparable en gravité à celui de la guerre, son enjeu serait la *survie* de la nation et la sauvegarde de la *liberté*. Rien de moins !

1. « Souffrance en France » : si ce titre a été retenu, ce n'est pas parce que l'analyse présentée dans ce livre ne serait valable que pour la France. Elle l'est, à ma connaissance, pour d'autres pays d'Europe et d'Amérique du Nord comme du Sud (en particulier au Brésil). Mais les arguments empiriques ont été extraits d'enquêtes faites en France pour l'essentiel, et je ne peux donc, en toute rigueur, défendre la démonstration que pour cette nation. Il reviendra aux lecteurs habitant hors de France de confirmer cette analyse ou d'indiquer les inflexions qu'il faudrait lui donner pour rendre compte des données spécifiques à chaque pays.

C'est au nom de cette juste cause qu'on use, *larga manu*, dans le monde du travail, de méthodes cruelles contre nos concitoyens, pour exclure ceux qui ne sont pas aptes à combattre pour cette guerre (les vieux devenus trop lents, les jeunes insuffisamment formés, les hésitants…) : on les congédie de l'entreprise, cependant qu'on exige des autres, de ceux qui sont aptes au combat, des performances toujours supérieures en matière de productivité, de disponibilité, de discipline et de don de soi. Nous ne survivrons, nous dit-on, que si nous nous surpassons et si nous parvenons à être encore plus efficaces que nos concurrents. Cette guerre pratiquée sans recours aux armes (du moins en Europe) passe quand même par des sacrifices individuels consentis par les personnes, et des sacrifices collectifs décidés en haut lieu, au nom de la raison économique.

« Le nerf de la guerre », ce n'est pas l'équipement militaire ou le maniement des armes, c'est le développement de la *compétitivité*.

Au nom de cette guerre – dont on ne dit pas qu'elle est sainte, mais dont on chuchote parfois qu'elle est une « guerre saine » –, on admet de passer outre à certains principes. La fin justifierait les moyens.

La guerre saine, c'est d'abord une guerre pour la santé (des entreprises) : « dégraisser les effectifs », « enlever la mauvaise graisse » (Alain Juppé), « faire le ménage », « passer l'aspirateur », « décaper la crasse », « décalaminer », « détartrer », « lutter contre la sclérose ou l'ankylose », etc., autant d'expressions saisies ici et là dans le langage ordinaire des dirigeants.

Les cures hygiéno-diététiques sont douloureuses, c'est admis, les traitements chirurgicaux aussi, et si l'on veut se débarrasser du pus, il faut bien inciser ou exciser l'abcès, n'est-ce pas ? Les métaphores médico-chirurgicales sont particulièrement prisées pour justifier les décisions de reclassement, déclassement, mise au placard, licenciement qui infligent aux personnes des souffrances, des déchirements et des crises, dont le psychopathologue et le travailleur social sont les témoins obligés. « À la guerre comme à la guerre » ? « Il faut accepter les inconvénients qu'imposent les circonstances (voir *résignation*) », ou encore : « la guerre justifie les moyens », nous dit, à ce propos, le dictionnaire Robert. Au titre de cette guerre, pourtant, il n'y a pas que des victimes individuelles ou civiles. Faire la guerre n'a pas pour seuls objectifs de défendre sa sécurité et de survivre à la tourmente. La guerre consiste pour l'entrepreneur à fourbir les armes d'une compétitivité grâce à laquelle il pourra mettre à terre ses concurrents : les contraindre à battre en retraite ou les pousser à faire faillite.

Cette guerre économique détruit chaque semaine des entreprises supplémentaires. Les petites et moyennes entreprises, plus vulnérables que les grandes, sont particulièrement touchées, mais les géants qui profitent, longtemps parfois, de la disparition de leurs concurrents plus petits ne sont pas à l'abri de la défaite. Et il arrive qu'à leur tour les très grandes entreprises soient condamnées à la capitulation sans conditions, quand leurs dirigeants ne choisissent pas de fuir *in extremis* (en emportant les meubles) ou de « passer à l'ennemi » (en trahissant leur entreprise et en livrant leur clientèle à la concurrence selon un procédé peu élégant mais fort répandu).

De fait, cette guerre économique occasionne des dégâts, y compris parmi ceux qui étaient les plus ardents partisans d'un libéralisme sans entrave. Dans cette guerre « saine », comme dans bien d'autres guerres passant pour malsaines, il y a du gâchis et des pertes absurdes. Les analystes qui se penchent sur cet emballement délétère, y compris dans la communauté scientifique, sont abasourdis par l'absurdité de certains de ces combats fratricides entre concurrents. Certains spécialistes lancent des signaux d'alarme. L'inefficacité de leurs appels les conduit à soupçonner certains acteurs du drame d'aveuglement dans leur façon de conduire les affaires. D'où ils déduisent que leur mission de chercheur consisterait avant tout à éclairer la lanterne des dirigeants d'entreprise et des dirigeants politiques, comme si une explication rationnelle devait bientôt les convaincre d'agir autrement.

Je ne partage pas cette opinion. Mon expérience auprès des dirigeants me suggère plutôt que ces derniers sont conscients des risques qu'ils encourent, mais que, dans leur majorité, ils ne veulent pas changer de cap. Pourquoi ? Parce qu'ils espèrent que, dans cette guerre, ce seront leurs adversaires qui s'essouffleront les premiers, et qu'alors ils régneront dans la paix retrouvée. Et, de fait, c'est bien de cette félicité que jouissent d'ores et déjà certains vainqueurs. Cette guerre a des bénéficiaires, à n'en pas douter, qui profitent d'une prospérité et d'une richesse qu'on admire et qu'on leur envie. Nombreux sont les dirigeants d'entreprise et les leaders politiques qui réclament encore plus de libéralisme, parce qu'ils en escomptent des avantages dans la guerre économique contre leurs concurrents. Il est pourtant permis d'espérer que parmi eux certains ne resteront pas insensibles aux questions qui vont être soulevées dans cet ouvrage. Au-delà, on peut même supputer que certains d'entre eux sauront se servir d'une partie de l'argumentaire présenté pour mener le débat dans leur communauté d'appartenance.

Pourtant, ce livre n'a pas l'ambition d'infléchir directement les décisions de la fraction dominante des dirigeants, dont les convictions néolibérales sont logiques et compréhensibles. Ces dernières sont, de plus, acceptées, sinon partagées par la majorité des citoyens en Europe. De ce fait, les positions et les décisions de nos dirigeants sont légales et peut-être légitimes. Ce qui n'empêche pas la dénonciation de ces choix et de ces décisions d'émerger ici et là, parfois même avec éloquence (Forrester, 1996). Mais la dénonciation n'est pas toujours d'une grande utilité, dans la mesure où, ne proposant pas d'alternative crédible, elle reste peu convaincante et peu mobilisatrice.

Ni résignation, ni dénonciation : l'analyse qui sera développée dans ce livre part d'un tout autre point de vue. Elle reconnaît avant toute chose que les partisans de la guerre saine l'ont emporté depuis une quinzaine d'années, et que dans la bataille, il y a des vaincus, plus nombreux – nul ne le contestera – que les vainqueurs. Je propose donc de déplacer l'axe de l'investigation. S'il y a des vainqueurs, et si la guerre se poursuit, c'est parce que la machine de guerre mise en place fonctionne. Et elle fonctionne remarquablement bien, c'est difficilement réfutable. Mais pourquoi donc la machine de guerre fonctionne-t-elle si bien ?

Deux réponses sont possibles, dont seule la première est prise en considération dans les analyses qui font autorité :

– la guerre aurait commencé et se prolongerait parce qu'elle serait inévitable. Elle s'auto-engendrerait et s'autoreproduirait, en raison de la logique interne du *système* : entendons par système, le système économique mondial, le marché. Cette guerre serait en quelque sorte naturelle, c'est-à-dire qu'elle relèverait de lois incontournables, que la science économique élucide. Ces dernières auraient le statut de lois *naturelles*, c'est-à-dire inscrites dans l'ordre de l'univers, au-delà de la volonté des hommes et des femmes, ou encore de lois appartenant au « céleste », au sens aristotélicien du terme ;

– l'autre réponse, rarement formulée (Ladrière et Gruson, 1992), consiste à admettre l'existence de lois économiques, mais tient ces dernières pour des lois *instituées*, c'est-à-dire construites par les hommes ou encore pour des lois relevant du « sublunaire », au sens aristotélicien du terme encore. Sublunaire : le monde situé en dessous de la lune, c'est-à-dire le monde habité par les humains, où l'évolution des conjonctures est sensible aux décisions et aux actions humaines (à la différence du monde des astres et de la matière, régi par les lois éternelles de la physique et de la nature).

Dans cette perspective, la guerre saine ne trouverait pas son origine uniquement dans la nature du système économique, dans le marché ou dans la « mondialisation », mais dans les conduites humaines. Que la guerre économique soit souhaitée par certains dirigeants n'a rien d'énigmatique, et, comme je l'ai indiqué plus haut, je ne crois pas qu'elle soit le fait d'un aveuglement, mais plutôt d'un calcul et d'une stratégie. Que la machine de guerre fonctionne, en revanche, suppose que tous les autres (ceux qui ne sont pas les « décideurs »), ou au moins la majorité d'entre eux, apportent leur concours à son fonctionnement, à son efficacité et à sa longévité, ou qu'en tout cas ils ne l'empêchent pas de poursuivre son déploiement.

La question, à partir de ce point de la discussion, n'est pas de chercher à comprendre la logique économique, mais de suspendre au contraire cette question, pour concentrer l'effort d'analyse sur les conduites humaines qui produisent cette machine de guerre et sur celles qui conduisent à y consentir, voire à s'y soumettre.

La machinerie de la guerre économique n'est pourtant pas un *deus ex machina*. Elle fonctionne parce que, en masse, les hommes et les femmes consentent à y participer.

La question centrale de ce livre c'est, pour reprendre l'expression d'Alain Morice (1996), celle des *« ressorts subjectifs de la domination » : pourquoi les uns consentent-ils à subir la souffrance, cependant que d'autres consentent à infliger cette souffrance aux premiers* ?

Ce livre est un essai d'analyse de cette question embarrassante que je tiens pour une question politique cruciale. Elle est centrale pour la période actuelle, mais elle n'en est pas l'apanage. Elle se pose pour toutes les périodes du système économique libéral, passé, présent et à venir.

Cet essai a essentiellement une visée théorique. Même s'il est inspiré et argumenté par des recherches empiriques commencées depuis vingt-cinq ans, l'orientation de la réflexion est théorique, parce qu'il n'y a pas, me semble-t-il, de réponse politique à la notion de « guerre économique » sans apport conceptuel nouveau. Si une crise politique et sociale devait se déclencher dans un avenir proche, elle risquerait de s'épuiser ou de favoriser une issue encore plus réactionnaire, faute de matériaux conceptuels susceptibles de nourrir la délibération et l'action en vue de maîtriser ou de subvertir la machinerie de guerre économique.

Si cette machinerie continue de déployer sa puissance, c'est parce que nous consentons à la faire fonctionner, même lorsque nous y répugnons. *Même lorsque nous y répugnons !* Pourquoi ? Les ressorts subjectifs du consentement (c'est-à-dire relevant du sujet psychique) jouent ici un rôle que je crois décisif, sinon déterminant. C'est au moins ce que suggèrent les enquêtes sur la souffrance dans le travail dont il sera fait état plus loin. C'est par la médiation de la souffrance au travail que se forme le consentement à participer au système. Et lorsqu'il fonctionne, le système génère, en retour, une souffrance croissante parmi ceux qui travaillent. La souffrance s'accroît parce que ceux qui travaillent perdent progressivement l'espoir que la condition qui leur est faite aujourd'hui pourrait s'améliorer demain. Ceux qui travaillent font de plus en plus couramment l'expérience que leurs efforts, leur engagement, leur bonne volonté, leurs « sacrifices » pour l'entreprise n'aboutissent en fin de compte qu'à aggraver la situation. Plus ils donnent d'eux-mêmes, plus ils sont « performants », et plus ils font de mal à leurs voisins de travail, plus ils les menacent, du fait même de leurs efforts et de leurs succès. Ainsi le rapport au travail, chez les gens ordinaires, se dissocie-t-il progressivement de la promesse de bonheur et de sécurité partagés : pour soi-même d'abord, mais aussi pour ses collègues, pour ses amis et pour ses propres enfants.

Cette souffrance s'accroît avec l'absurdité d'un effort au travail qui ne donnera pas en retour de satisfaction vis-à-vis des attentes qu'on y place au plan matériel, affectif, social et politique. Les conséquences de cette souffrance sur le fonctionnement psychique et, au-delà, sur la santé sont inquiétantes, comme on le verra plus loin dans ce livre. Mais elle ne désamorce pas la machinerie de guerre économique. Au contraire, elle l'alimente, par un sinistre retournement qu'il faut élucider.

Contre la souffrance éprouvée dans le travail, en effet, hommes et femmes érigent des défenses. Les « stratégies de défense » sont subtiles, bouleversantes même d'ingéniosité, de diversité et d'inventivité. Mais elles recèlent aussi, en elles, un piège qui peut se refermer sur ceux qui, grâce à elles, parviennent à endurer la souffrance sans ployer.

Pour comprendre comment nous en sommes rendus à tolérer et à produire le sort réservé aux chômeurs et aux nouveaux pauvres dans une société qui pourtant ne cesse de s'enrichir, nous devrons d'abord prendre connaissance de *la souffrance au travail*. Nous aurons aussi à analyser certaines *stratégies de défense* particulièrement préoccupantes parce qu'elles nous aident à fermer les yeux sur ce dont, pourtant, nous avons l'intuition pénible. Mais ne nous y trompons pas. Dans la souffrance, comme dans les défenses, et au-delà dans le consentement à subir ou à infliger la souffrance, il n'y a pas de mécanisme incoercible ou inexorable. Il n'y a pas, en matière de défense contre la souffrance, de lois naturelles, mais des règles de conduite construites par des hommes et par des femmes.

Faute des moyens conceptuels indispensables pour analyser souffrance et défense, nous dérivons, sans en avoir ni la conscience ni la maîtrise, vers des conduites qui alimentent l'injustice et la font perdurer. Si en revanche nous étions capables de penser la souffrance et la peur, ainsi que leurs effets pervers, au lieu de les méconnaître, nous ne pourrions peut-être plus consentir-à-faire-le-mal-malgré-notre-répugnance-à-le-faire. Penser le rapport subjectif au travail permet de se déprendre de ce qui nous a insensiblement amenés à agir comme si nous faisions nôtre cette formule hautement suspecte : « À la guerre comme à la guerre ! »

Ce livre n'a pas pour objectif de dresser un bilan national de la condition faite aux travailleurs de notre pays. Il est certain que l'évolution des rapports de travail ne progresse pas partout à la même cadence et que, de ce fait, des disparités assez importantes sont observables sur le territoire. Mais les situations qui seront analysées dans ce livre sont attestées par des enquêtes faites sur le terrain. Nous ne savons pas si l'évolution que nous décrivons est destinée à gagner tout le pays. De nombreux spécialistes le redoutent. Cette crainte, à elle seule, justifie en tout état de cause qu'on se mette sans plus tarder à l'étude.

I

Comment tolérer l'intolérable ?

Nul ne doute que ceux qui ont perdu leur emploi, ceux qui ne parviennent pas à en trouver (chômeurs primaires) ou à en retrouver un (chômeurs de longue durée) et qui subissent le processus de désocialisation progressif, *souffrent*. Chacun sait que ce processus conduit à la maladie mentale ou physique, ou aux deux à la fois, par l'intermédiaire d'une atteinte portée contre le socle de l'identité. Tous aujourd'hui partagent un sentiment de peur, pour soi, pour ses proches, pour ses amis ou pour ses enfants, vis-à-vis des risques de l'exclusion. Enfin, tout le monde *sait* que grandit chaque jour dans toute l'Europe le nombre des exclus et des menaces d'exclusion et nul ne peut s'abriter honnêtement derrière le voile trop transparent de l'ignorance qui disculperait.

En revanche, tout le monde aujourd'hui ne partage pas le point de vue selon lequel les victimes du chômage, de la pauvreté et de l'exclusion sociale, seraient victimes aussi d'une *injustice*. En d'autres termes, il y a ici, pour beaucoup de citoyens, un clivage entre souffrance et injustice. Ce clivage est grave. Pour ceux qui l'adoptent, la souffrance subie est, certes, un malheur, mais ce malheur n'appelle pas nécessairement de réaction politique. Il peut justifier compassion, pitié ou charité. Il ne déclenche pas nécessairement indignation, colère ou appel à l'action collective. La souffrance ne suscite un mouvement de solidarité et de protestation que dans le cas où une association est établie entre perception de la souffrance d'autrui et conviction que cette souffrance est le fait d'une injustice. Bien entendu, si la souffrance d'autrui n'était pas perçue, la question de la mobilisation dans l'action politique ne se poserait pas, pas plus que celle de la justice et de l'injustice.

Pour comprendre le drame que constitue la faiblesse de la mobilisation contre le chômage et l'exclusion, il faudrait être en mesure d'analyser précisément les rapports ou les liens qui se tissent ou se défont entre souffrance d'autrui et injustice (ou justice).

Les personnes qui dissocient leur perception de la souffrance d'autrui du sentiment d'indignation qu'impliquerait la reconnaissance d'une injustice adoptent souvent une posture de *résignation*. Résignation face à un « phénomène » : la crise de l'emploi, considérée comme une fatalité, comparable à une épidémie, à la peste, au choléra, voire au sida. Selon cette conception, il n'y aurait pas d'injustice, mais seulement un phénomène systémique, économique, sur lequel on n'aurait aucune prise. (Pourtant, même s'agissant d'une épidémie comme celle du sida, on constate que des réactions de mobilisation collective sont possibles, et que l'on n'est pas obligé d'accepter le *fatum*, ou d'adhérer à la thèse de la « causalité du destin » qui serait plutôt ici la conséquence d'une paralysie des capacités d'analyse [Flynn, 1985].) Croire que le chômage et l'exclusion sont le fait d'une injustice ou conclure, au contraire, qu'ils résultent d'une crise dont personne ne porte la responsabilité ne relève pas d'une perception, d'un sentiment ou d'une intuition, comme c'est le cas à propos de la souffrance. La question de la justice ou de l'injustice implique d'abord la question de la responsabilité personnelle : la responsabilité de certains dirigeants et notre responsabilité personnelle sont-elles ou non impliquées dans ce malheur ?

Les notions de responsabilité, de justice, relèvent de l'éthique et non de la psychologie. Le jugement d'attribution, quant à lui, passe d'abord par l'adhésion à un discours ou à une démonstration scientifique, ou encore à une croyance collective, qui fait autorité pour le sujet qui juge.

À mon avis, l'attribution du malheur du chômage et de l'exclusion à la causalité du destin, à la causalité économique ou à la causalité systémique, ne relève pas d'une inférence psycho-cognitive individuelle. La thèse de la causalité du destin n'est pas le résultat d'une invention personnelle, d'une spéculation intellectuelle ou d'une recherche scientifique individuelles. Elle est donnée au sujet, de l'extérieur.

Pourquoi le discours économiciste sur le malheur, qui attribue le malheur à la causalité du destin et récuse responsabilité et injustice à l'origine dudit malheur, pourquoi ce discours emporte-t-il l'adhésion massive de nos concitoyens, avec son corollaire, la résignation ou l'absence d'indignation et de mobilisation collective ? Pour répondre à cette question, il me semble que la psychodynamique du travail[1], qui a des incidences dans les

1. Cette discipline – initialement dénommée psychopathologie du travail – a pour objet, spécifiquement, l'analyse clinique et théorique de la pathologie mentale due au travail. Fondée au sortir de la dernière guerre par un groupe de praticiens-chercheurs réunis autour de L. Le Guillant, elle connaît depuis une quinzaine d'années un nouvel essor qui a conduit récemment à lui préférer l'appellation d'« analyse psychodynamique des situations de travail », encore dénommée par simplification « psychodynamique

champs psychologique et sociologique, peut apporter d'utiles lumières. En substance, la psychodynamique du travail suggère que l'adhésion au discours économiciste serait une manifestation du processus de *« banalisation du mal »*. Mon analyse part de « la banalité du mal » au sens où Hannah Arendt emploie cette expression à propos d'Eichmann. Non pas, comme elle le fait, dans le cas du système nazi, mais dans celui de la société contemporaine, en France, à la fin du XXe siècle. L'exclusion et le malheur infligés à autrui dans nos sociétés, sans mobilisation politique contre l'injustice, viendraient d'une dissociation réalisée entre malheur et injustice, sous l'effet de la banalisation du mal dans l'exercice des actes civils ordinaires par ceux qui ne sont pas (ou pas encore) victimes de l'exclusion, et qui contribuent à exclure et à aggraver le malheur de fractions de plus en plus importantes de la population.

En d'autres termes, l'*adhésion à la cause économiciste*, qui clive le malheur de l'injustice, ne relèverait pas, comme on le croit souvent, de la simple résignation ou du constat d'impuissance face à un processus qui nous dépasserait, mais elle fonctionnerait aussi comme une *défense* contre la conscience douloureuse de sa propre

du travail ». Dans cette évolution de la discipline, la place assignée à la *souffrance* occupe une position centrale. Le travail a des effets puissants sur la souffrance psychique. Ou bien il contribue à l'aggraver et à pousser progressivement le sujet vers la folie ; ou bien il contribue au contraire à la transformer, à la subvertir même, en plaisir, au point que, dans certaines situations, le sujet qui travaille défende mieux sa santé mentale que lorsqu'il ne travaille pas. Pourquoi le travail est-il tantôt pathogène, tantôt structurant ? Le résultat n'est jamais donné d'avance. Il dépend d'une dynamique complexe dont les principales étapes sont identifiées et analysées par la psychodynamique du travail.

complicité, de sa propre collaboration et de sa propre responsabilité dans le développement du malheur social. J'ajoute que ce que je vais tenter d'analyser ici n'a rien d'exceptionnel. C'est la banalité même ! Non seulement la banalité du mal, mais la *banalité d'un processus* qui est sous-jacent à l'efficacité du système libéral économique. N'est-ce donc pas une nouveauté ? Non ! Seule est nouvelle l'identification d'un processus. Processus qui devient plus visible, dans la période actuelle, en raison des changements politiques survenus au cours des dernières décennies. Naguère, quand les luttes politiques et la mobilisation collective étaient plus vives et l'espace public plus ouvert que dans la phase historique actuelle, ce processus de banalisation du mal était moins accessible à l'investigation. Je vais donc tenter d'analyser le processus qui favorise la tolérance sociale au mal et à l'injustice, processus grâce auquel on fait passer pour un *malheur* ce qui relève en fait de l'exercice du *mal* commis par certains contre d'autres.

Certains lecteurs seront tentés de s'arrêter parce qu'ils auront senti que ce texte ne propose pas seulement d'identifier une poignée de responsables condamnables et d'analyser les stratégies dont ils se servent pour commettre leurs méfaits. Même si des leaders existent, dont le comportement mérite une analyse spécifique, leur identification ne confère pas pour autant aux autres, et en particulier aux lecteurs ou à l'auteur, le bénéfice de l'innocence. L'essai qui suit est un parcours pénible, tant pour le lecteur destinataire que pour son auteur. L'effort d'analyse paraît pourtant nécessaire. Je crois qu'il permet de supputer pourquoi il n'y a pas de solution à court terme au malheur social généré par le libéralisme économique dans la phase actuelle de notre développement historique. Non que l'action soit impossible, mais il faudrait, pour pouvoir l'initier, réunir des conditions de mobilisation qui ne semblent pas pouvoir l'être sans un temps préalable de diffusion et de débat des analyses sur la banalisation du mal. Car, de cette banalisation, je crois pouvoir dire que nous sommes, pour la plupart d'entre nous, partie prenante. Je me dois d'ajouter que si la banalisation du mal n'a rien d'exceptionnel, dans la mesure où elle serait sous-jacente au système libéral lui-même, elle serait aussi impliquée dans les dérives totalitaires jusques et y compris dans le nazisme. Mais alors, en quoi consistent les différences entre totalitarisme et néolibéralisme ? Où passe la ligne de partage ?

En l'absence de réponse claire à cette question, cette banalisation paraît très inquiétante. Le présent essai vise, au-delà de l'analyse de ladite banalisation, à identifier les spécificités du fonctionnement social ordinaire dans le système libéral. On devrait pouvoir en tirer quelques conséquences pour caractériser les formes de *banalisation* du mal dans les systèmes totalitaires (qui n'ont pas été élucidées de façon satisfaisante, même par H. Arendt, me semble-t-il).

La banalisation du mal passe par plusieurs chaînons intermédiaires. Chacun d'eux relève d'une construction humaine. En d'autres termes, il ne s'agit pas d'une logique incoercible, mais d'un enchaînement impliquant des responsabilités. Ce « processus » peut donc être interrompu, contrôlé, contrebalancé ou maîtrisé, par des décisions humaines, qui impliqueraient bien entendu des responsabilités, elles aussi. L'emballement ou le freinage de ce processus dépend de notre volonté et de notre liberté. Notre pouvoir de contrôle sur ce processus peut donc être accru par la connaissance de son fonctionnement. À défaut de pouvoir être versée au bénéfice de l'*action*, l'analyse que nous allons déployer pourra au moins servir à la *compréhension*, sans pouvoir écarter le risque – mais ce n'est qu'un risque – d'une réconciliation tragique : « comprendre, affirme en substance Hannah Arendt, est une activité sans fin par laquelle nous nous ajustons au réel, nous réconcilions avec lui et nous efforçons d'être en accord ou en harmonie avec le monde » (Revault d'Allonnes, 1994).

En 1980, face à la crise croissante de l'emploi, les analystes politiques français prévoyaient qu'on ne pourrait pas dépasser 4 % de chômeurs dans la population active sans que surgisse une crise politique majeure, devant se manifester par des troubles sociaux et des mouvements à caractère insurrectionnel, susceptibles de déstabiliser l'État et la société tout entière. Au Japon, les analystes politiques prévoyaient que la société japonaise ne pourrait pas assimiler politiquement et socialement un taux de chômage supérieur à 4 % (De Bandt et Sipek, 1979).

Certes, on ne sait pas ce qu'il adviendra de la situation politique japonaise. En revanche, on sait qu'en France nous sommes capables désormais de tolérer jusqu'à 13 % de chômeurs et probablement davantage. Les analystes et les prospectivistes avaient-ils tort ? Oui et non. Oui, dans la mesure où leurs prévisions ont été infirmées par la réalité. Non, dans la mesure où, vraisemblablement, la société française de *1980* n'aurait pas pu tolérer 4 % de chômeurs, et à plus forte raison 13 %, sans réagir par de graves troubles sociaux et politiques. Ce n'est évidemment pas la progressivité de la croissance du chômage qui pourrait expliquer cette tolérance sociale inattendue.

Non, car cette croissance a été très rapide. Il s'agit vraisemblablement de quelque chose de bien différent.

Notre hypothèse consiste en ceci que, depuis 1980, ce n'est pas seulement le taux de chômage qui a changé, ce serait *toute la société qui se serait transformée qualitativement*, au point de ne plus avoir les mêmes réactions que naguère. Pour être plus précis, nous visons, sous cette formule, essentiellement une évolution des réactions sociales à la souffrance, au malheur et à l'injustice. Évolution qui se caractériserait par l'atténuation des réactions d'indignation, de colère et de mobilisation collective pour l'action en faveur de la solidarité et de la justice, cependant que se développeraient des réactions de réserve, d'hésitation et de perplexité, voire de franche indifférence, ainsi que de tolérance collective à l'inaction et de résignation face à l'injustice et à la souffrance d'autrui. Cette évolution, aucun analyste ne la conteste. Beaucoup s'en désespèrent. Seules les explications de ce phénomène divergent. On comprend mal comment une mutation politique de cette ampleur a pu se produire en si peu de temps. L'interprétation la plus courante consiste à lier cette passivité collective insolite à l'*absence de perspectives* (économique, sociale et politique) *alternatives*. Cette absence d'alternative mobilisatrice est, certes, difficilement contestable. Mais est-elle, comme le pensent beaucoup d'analystes, la *cause* de cette inertie sociétale et politique ou en est-elle la conséquence ? Personnellement, je ne crois pas que les mouvements collectifs de dimension sociale soient habituellement mobilisés par la volonté de marcher vers un bonheur promis, fût-ce par une idéologie structurée. Je pense que la mobilisation trouve sa principale source d'énergie non dans l'espoir d'un bonheur (car on doute toujours des résultats d'un bouleversement politique), mais dans la colère contre la souffrance et l'injustice jugées intolérables. En d'autres termes, l'action collective serait *davantage réaction qu'action*, réaction contre l'intolérable plutôt qu'action tendue vers le bonheur[2]. Les mouvements de grève de novembre-décembre 1995 en sont une illustration parmi d'autres : c'est la colère contre le démantèlement du service public et non la perspective de lendemains qui chantent qui les a provoqués. Pour en revenir à l'absence d'alternative idéologique, je serais tenté de croire qu'elle est génétiquement secondaire, plutôt que primitive, par rapport à l'absence de mobilisation collective contre le malheur et l'injustice infligés à autrui.

Dans cette perspective, il nous faudrait essayer de comprendre autrement que par l'absence d'utopie sociale alternative la faiblesse de la mobilisation collective contre la souffrance. Le problème devient alors celui du *développement de la tolérance à l'injustice*. Ce serait justement l'absence de réactions collectives de mobilisation qui rendrait possible la poursuite du développement progressif du chômage et de ses dégâts

2. Dans ce domaine donc, les conduites collectives se distingueraient des conduites singulières dont le *primum movens* peut être non réactionnel mais primitivement porté par le désir (ou par la pulsion). Cette différence me semble attestée par l'expérience clinique en psychodynamique du travail, qui fait du praticien ou du chercheur un témoin privilégié de la naissance et de l'effacement des mouvements collectifs concernant la justice et l'injustice sur les lieux de travail. Cette expérience, comparée à l'expérience clinique du psychanalyste, est suggestive, nous y reviendrons plus loin, d'une différence radicale entre processus de mobilisation subjective individuelle et processus de mobilisation collective dans l'action.

psychologiques et sociaux, jusqu'aux taux que nous connaissons actuellement.

Que les années Mitterrand (1981-1995) aient été marquées par un retournement idéologique par rapport aux idéaux socialistes, sous la forme d'un « économicisme de gauche », est indiscutable. Mais ce retournement politique, qui consiste à placer la raison économique avant la raison politique, n'est pas la cause de la démobilisation. Elle en serait plutôt le résultat qui, pendant de longues années, a été à la fois incertain et surprenant.

Cette période d'une quinzaine d'années est en outre caractérisée, dans l'univers du travail, par la mise en œuvre *de nouvelles méthodes de gestion et de direction des entreprises, qui se traduit par la remise en cause progressive du droit du travail et des acquis sociaux* (Supiot, 1993). Ces nouvelles méthodes s'accompagnent non seulement de licenciements, mais d'une brutalité dans les rapports de travail qui génère beaucoup de souffrance. Certes, on la dénonce. Mais la dénonciation reste absolument sans conséquence politique, parce que sans mobilisation collective concomitante. Au contraire, *cette dénonciation semble compatible avec une tolérance croissante à l'injustice.* Doit-on y voir la preuve de la faible puissance des discours de dénonciation au plan politique ou l'indice d'une duplicité masquant, derrière la dénonciation, une tolérance croissante ? À moins que la dénonciation ne fonctionne ici dans un sens inhabituel ; à savoir qu'elle conduirait plutôt à familiariser la société civile avec le malheur, à domestiquer les réactions d'indignation et à favoriser la résignation, voire à constituer une préparation psychologique à subir le malheur, plutôt qu'à catalyser l'action politique ?

II

Le travail entre souffrance et plaisir

Avant de pénétrer davantage dans l'analyse des rapports entre souffrance et injustice, il est nécessaire de préciser ce que l'on entend ici par souffrance. Nous avons, jusqu'à maintenant, surtout mentionné les rapports entre souffrance et *emploi*. Mais nous devons aussi étudier les rapports entre souffrance et *travail*. Les premiers renvoient à la souffrance de ceux qui n'ont pas de travail ou d'emploi ; les seconds renvoient à la souffrance de ceux qui continuent de travailler. *La banalisation du mal repose précisément sur un processus de renforcement réciproque des uns par les autres*. C'est pourquoi nous devons d'abord décrire la dynamique des rapports entre travail, souffrance et plaisir.

On cherche à nous faire croire, ou l'on a tendance à croire spontanément, que la souffrance dans le travail a été très atténuée, voire complètement effacée, par la mécanisation et la robotisation : ces dernières feraient disparaître les contraintes mécaniques, les tâches de manutention, le rapport direct avec la matière qui caractérisent les tâches industrielles. Elles transformeraient les manœuvres « pue-la-sueur » en opérateurs aux mains propres, elles tendraient à transmuter les ouvriers en employés et à débarrasser Peau d'Âne de sa malodorante vêture pour lui ouvrir un destin de princesse en robe couleur de lune. Qui donc, parmi les gens ordinaires, ne serait capable d'évoquer les images d'un reportage de télévision ou le souvenir d'une visite guidée dans une usine propre, « new-look » ? Malheureusement, tout cela relève du cliché, car on ne nous montre que les devantures ou les vitrines offertes par les entreprises, généreusement il est vrai, au regard du badaud ou du visiteur.

Derrière la vitrine, il y a la souffrance de ceux qui travaillent. De ceux, d'abord, dont on prétend qu'ils n'existent plus, mais qui sont en réalité légion et qui assument les innombrables tâches dangereuses pour la santé, dans des conditions peu différentes de celles d'antan, et parfois même aggravées par les infractions redevenues si fréquentes au Code du travail : ouvriers du bâtiment, des entreprises sous-traitantes de la maintenance nucléaire, des entreprises de nettoiement (aussi bien dans les industries que dans les immeubles de bureaux, les hôpitaux, les trains ou les avions…), des chaînes de montage automobile, des abattoirs industriels, des élevages de poulets, des entreprises de déménagement ou de confection textile, etc.

Il y a aussi la souffrance de ceux qui affrontent des risques comme les radiations ionisantes, les virus, les levures, l'amiante, qui sont soumis aux horaires alternants, etc. Ces nuisances, qui sont relativement récentes dans l'histoire du travail, vont s'aggravant et se multipliant, occasionnant non seulement la souffrance des corps, mais aussi l'appréhension, voire l'angoisse, de ceux qui travaillent.

Enfin, derrière les vitrines, il y a la souffrance de ceux qui ont peur de ne pas donner satisfaction, de n'être pas à la hauteur des contraintes de l'organisation du travail : contraintes de temps, de cadence, de formation, d'information, d'apprentissage, de niveau de connaissances et de diplôme, d'expérience, de rapidité d'acquisition intellectuelle et pratique (Dessors et Torrente, rapport d'enquête, 1996) et d'adaptation à la « culture » ou à l'idéologie de l'entreprise, aux contraintes du marché, aux rapports avec les clients, les particuliers ou le public, etc.

Les investigations cliniques et les enquêtes auxquelles nous avons procédé ces dernières années, tant en France qu'à l'étranger, révèlent derrière les vitrines du progrès un monde de souffrance qui laisse parfois incrédule. Quand on dispose d'informations, c'est individuellement, par sa propre expérience du travail, ou indirectement par un proche qui souffre et qui passe aux aveux. Mais comment imaginer que des informations aussi discordantes par rapport au discours ambiant, personnelles de surcroît, ne soient pas le fait d'exceptions ou d'anomalies sans grande signification dans un monde qui s'affranchit, grâce aux progrès de la technique, des misères de la condition ouvrière ? Les journalistes, depuis deux décennies, ont cessé de faire des enquêtes sociales ou des investigations dans le monde du travail ordinaire pour se consacrer à des « reportages » sur les lumières des vitrines du progrès. Peu d'intérêt pour la souffrance ordinaire… et si proche de nous ! Seul le martyre des victimes de la violence et des atrocités guerrières, au loin, est offert à la curiosité de nos concitoyens. Les demi-teintes ne font pas recette. Du monde du travail, on n'entend plus que des échos assourdis dans la presse ou l'espace public, ce qui conduit à croire que les informations dont on dispose parfois sur la souffrance au travail ont un caractère exceptionnel, extraordinaire et, de ce fait, n'ont pas de signification ni de valeur heuristique au regard de la situation générale de ceux qui travaillent dans l'Europe d'aujourd'hui. Ainsi, malgré leur propre expérience pourtant discordante, nombreux sont ceux qui mettent leur voix au diapason des refrains à la mode sur la fin du travail et la liberté recouvrée.

Mais en quoi consiste donc cette souffrance dans le travail, dont nous affirmons ici qu'elle serait massivement méconnue ? Dresser l'inventaire des formes typiques de la souffrance supposerait qu'on inflige au lecteur l'obligation de parcourir tous les chapitres d'un traité de psychodynamique du travail. Nous nous en tiendrons, pour l'heure, à un aperçu visant surtout à alerter sur la gravité d'une question insuffisamment discutée.

1 – La crainte de l'incompétence

Qu'entend-on par « réel du travail » ? Le réel est défini comme ce qui *résiste* aux connaissances, aux savoirs, aux savoir-faire et d'une façon plus générale à la *maîtrise*. Dans le travail, le réel prend une forme que les sciences du travail ont mise en évidence depuis les années 70 (Daniellou, Laville, Teiger, 1983). Il se fait essentiellement connaître au sujet[1] par le décalage irré-

1. Le terme « sujet » reviendra souvent dans ce livre. Ce n'est pas une dénomination générale pour désigner aussi bien le sujet qu'un homme ou une femme, une personne quelconque ou un agent indéfini. Chaque fois que ce terme apparaîtra, ce sera pour parler de celui ou de celle qui éprouve affectivement la situation dont il est question. Affectivement, c'est-à-dire sur le mode d'une émotion ou d'un sentiment, qui n'est pas seulement un contenu de pensée mais surtout et avant tout un état du corps. L'affectivité est la façon dont le

ductible entre l'*organisation prescrite* du travail et l'*organisation réelle* du travail. En effet, quelles que soient les qualités de l'organisation du travail et de la conception, il est impossible, dans les situations ordinaires de travail, d'atteindre les objectifs de la tâche si l'on respecte scrupuleusement les prescriptions, les consignes et les procédures… Si l'on s'en tenait à une stricte exécution, on se trouverait dans la situation bien connue de la « grève du zèle ». Le zèle, c'est précisément tout ce que les opérateurs ajoutent à l'organisation prescrite pour la rendre efficace ; tout ce qu'ils mettent en œuvre individuellement et collectivement et qui ne relève pas de l'*« exécution »*. La gestion concrète du décalage entre

---

corps s'éprouve lui-même dans la rencontre avec le monde. L'affectivité est au fondement de la subjectivité. La subjectivité est donnée, elle advient, elle n'est pas une création. L'essentiel de la subjectivité est de l'ordre de l'invisible. La souffrance ne se voit pas. La douleur non plus. Le plaisir n'est pas visible. Ces états affectifs ne sont pas mesurables. Ils s'éprouvent « les yeux fermés ». Que l'affectivité échappe à jamais à la mesure ou à l'évaluation quantitative, qu'elle appartienne à la nuit, ne justifie pas qu'on en dénie la réalité et qu'on rejette ceux qui osent en parler du côté de l'obscurantisme. Personne n'ignore ce que sont souffrance et plaisir, et chacun sait que cela ne s'éprouve intégralement que dans l'intimité de l'expérience intérieure. Ce qui de la souffrance et du plaisir peut être montré n'est jamais que suggéré. Nier ou mépriser la subjectivité et l'affectivité, ce n'est rien de moins que nier ou mépriser en l'homme ce qui est son humanité, c'est nier la vie elle-même (Henry, 1965). Ce livre est en rébellion contre toutes les formes, quelles qu'elles soient, de condescendance et de dédain vis-à-vis de la subjectivité, qui sont devenues le credo des élites managériales et politiques et le mot de passe du parisianisme intellectuel.

Par la suite, le terme « sujet » ne viendra dans le texte que lorsqu'il sera impossible, compte tenu de ce qui vient d'être dit de la subjectivité, de le remplacer par agent, acteur, travailleur, opérateur, citoyen ou personne, termes qui renvoient chacun à une série de connotations spécifiques et à des théories ou des disciplines distinctes.

le prescrit et le réel relève en effet de la *« mobilisation des ressorts affectifs et cognitifs de l'intelligence »* (Dejours, 1993 a ; Böhle et Milkau, 1991 ; Detienne et Vernant, 1974).

Cette conjoncture peut être illustrée par le cas d'un médecin encore peu expérimenté mais placé en situation de responsabilité dans un service de réanimation. Bien que n'ayant pas achevé sa formation, il reçoit la responsabilité médicale du service entier. En effet, plusieurs collègues ayant changé d'affectation, des postes restent non pourvus. Mais le directeur de l'hôpital refuse d'embaucher. Ainsi, pour « boucher les trous », prend-on cet étudiant dont la rémunération est sans commune mesure avec ce que coûterait un titulaire (ce n'est somme toute qu'un cas parmi d'autres d'« habilitation » abusive et frauduleuse, comme on en rencontre fréquemment dans de nombreuses industries à risques [Mendel, 1989]).

Ce jeune praticien donc, consciencieux et travailleur, s'acquitte avec succès des tâches qui lui sont confiées. Tout se passe pour le mieux et il gagne progressivement la confiance de l'équipe soignante, des malades et de leurs familles. Sa compétence est largement reconnue. Mais il y a une ombre au tableau. Il est rongé par l'impression persistante qu'il y a trop de décès dans ce service. Certains de ses malades meurent alors que le pronostic fait pour eux était favorable. Il se débat avec les résultats incompréhensibles de certaines de ses décisions, notamment quand il prescrit une assistance ventilatoire par « respirateur artificiel » sur des malades intubés. Plusieurs malades sont victimes d'asphyxie et il ne parvient pas à comprendre pourquoi. Il en vient à penser qu'il fait probablement des erreurs diagnostiques ou des fautes thérapeutiques mais ne parvient pas à les élucider. Il est de plus en plus perturbé, il perd confiance en lui et se résout finalement à consulter un psychiatre pour l'aider à vaincre une dépression anxieuse, d'autant plus surprenante qu'il est plutôt bien considéré par tout le monde. Mais, devenant de plus en plus renfermé et irritable, il s'isole, il se fâche et peu à peu perd la confiance de son équipe qui découvre les causes de sa perplexité et en vient à douter à son tour de sa compétence, puis à se méfier de lui.

C'est seulement six mois plus tard, alors que sa situation psychique est franchement détériorée, que lui vient une idée. Avant de mettre un nouveau malade sous ventilation assistée, il branche le masque à oxygène sur son propre nez. Et alors il suffoque en inhalant une bouffée de ce qu'il reconnaît immédiatement, à l'odeur, comme du formol. Son enquête le conduit à découvrir que l'entreprise responsable de la maintenance et de la stérilisation des appareils de réanimation ne respecte pas les procédures afin de gagner du temps et de pallier par cette tricherie le manque de personnel, là aussi lié à des économies budgétaires décidées par la direction de cette entreprise sous-traitante.

Dans les situations de travail ordinaires, il est fréquent que se produisent des incidents et des accidents dont on ne comprend jamais l'origine (pas toujours frauduleuse comme dans le cas précédent, il s'en faut de beaucoup), qui bouleversent et déstabilisent les travailleurs les plus expérimentés. C'est vrai dans le pilotage des avions, dans la conduite des industries de process et dans toutes les situations de travail techniquement complexes, impliquant des risques pour la sécurité des personnes ou pour la sûreté des installations. Dans ces situations, il est souvent impossible pour les travailleurs de déterminer si leurs échecs procèdent de leur incompétence ou d'anomalies du système technique. Et cette source de perplexité est aussi une cause d'angoisse et de souffrance qui prend la forme d'une crainte d'être incompétent, de ne pas être à la hauteur ou de se révéler incapable de faire face convenablement à des situations inhabituelles ou erratiques, où, précisément, leur responsabilité est engagée.

2 – La contrainte à mal travailler

Une autre cause fréquente de souffrance dans le travail surgit dans des circonstances, à certains égards, inverses de celles qui viennent d'être évoquées. La compétence et le savoir-faire sont hors de cause. Mais, alors même que celui qui travaille sait ce qu'il doit faire, il ne peut pas le faire, parce qu'il en est empêché par les contraintes sociales du travail. Des collègues lui mettent des bâtons dans les roues, le climat social est désastreux, chacun travaille seul, cependant que tous pratiquent la rétention d'informations qui ruine la coopération, etc. Les tâches dites d'exécution fourmillent de ce type de contradictions où l'on empêche, en quelque sorte, le travailleur de faire correctement son travail, parce qu'on le coince dans des procédures et des réglementations incompatibles entre elles (Dejours, *Rapport*…, 1991).

Ainsi un technicien de maintenance dans une centrale nucléaire est chargé d'effectuer le contrôle technique des tâches accomplies par une entreprise sous-traitante de mécanique. Il s'agit d'énormes chantiers et de gros travaux engageant la sûreté des installations, qui sont accomplis par des équipes d'ouvriers se succédant jour et nuit. Mais le technicien responsable du contrôle, qui est statutairement rattaché à l'entreprise donneuse d'ordres (celle qui signe le contrat avec l'entreprise sous-traitante), est seul. Il ne peut pas surveiller le chantier vingt-quatre heures sur vingt-quatre, car il doit aussi se reposer et dormir. Mais il est tenu, cependant, de signer les bordereaux et d'engager sa responsabilité sur la qualité du service accompli par l'entreprise de mécanique.

Malgré ses demandes réitérées, il reste seul responsable et doit, pour éviter de nuire aux travailleurs en statut précaire de l'entreprise sous-traitante, signer les bordereaux et accepter de croire sur parole le chef d'équipe de nuit sur la qualité du service fait. Cette situation psychologique est difficilement acceptable pour un technicien qui connaît bien les métiers de la mécanique qu'il a pratiqués pendant vingt ans et qui sait combien ils recèlent de chausse-trappes. Les conditions qui lui sont faites, désormais, dans la nouvelle organisation du travail, après les dernières réformes de structure, le placent dans une situation psychologique extrêmement pénible, qui le met en porte-à-faux avec les valeurs du travail bien fait, le sens de la responsabilité et l'éthique professionnelle.

Être contraint de mal faire son travail, de le bâcler, ou de tricher est une source majeure et extrêmement fréquente de souffrance dans le travail, que l'on retrouve aussi bien dans l'industrie que dans les services ou dans les administrations.

En voici un second exemple.

Il s'agit d'un ingénieur, nouvellement affecté à un dépôt de la SNCF. Quelques jours après son arrivée, des informations sont portées à sa connaissance sur un incident survenu dans le secteur de la voirie dont il est responsable.

Les barrières d'un passage à niveau ne se sont pas baissées au passage d'un convoi. Il n'y avait à ce moment personne sur la route, ni à pied ni en voiture.

En staff de direction, l'ingénieur rapporte l'incident. Les automatismes n'ont pas fonctionné. Depuis l'incident, les barrières ont, semble-t-il, fonctionné correctement, sans intervention technique ni réparation particulière. Pourtant, l'événement est indubitable. Quelle en est la cause ? Où est la panne ? Silence généralisé chez les collègues. Le nouvel ingénieur insiste, mais les autres minimisent l'importance de l'événement. L'ingénieur ne l'entend pas de cette façon et, considérant qu'il s'agit là d'un incident grave, exige une investigation technique complète. Le staff isole peu à peu le nouveau venu turbulent. Pourquoi ? Les changements de structures et la diminution des effectifs accablent tout l'encadrement d'une surcharge de travail telle qu'ils « coulent ». Ils ne peuvent bien sûr admettre cette situation officiellement et ils s'en tiennent à refuser l'investigation proposée par leur nouveau collègue parce qu'elle s'annonce difficile et forte consommatrice de temps et de travail. Aussi insistent-ils sur le fait que, depuis les événements allégués, les barrières fonctionnent apparemment sans nouvel incident. Le ton monte entre les partenaires. L'ingénieur refuse d'abandonner l'investigation. Le voilà obligé de défendre la gravité de l'incident, cependant que les autres la minimisent. Finalement le chef de dépôt intervient et arbitre :

Chef de dépôt : Y a-t-il eu déraillement du train ?

Ingénieur : Non !

Chef de dépôt : Y a-t-il eu collision avec un véhicule ou un passant ?

Ingénieur : Non !

Chef de dépôt : Y a-t-il eu des blessés ou des morts ?

Ingénieur : Non !

Chef de dépôt : Il n'y a donc pas eu d'incident. L'affaire est close.

L'ingénieur, au sortir de la réunion du staff, ne se sent pas bien, il est ébranlé, il ne comprend pas la position des autres ni surtout leur unanimité. Il doute et ne sait plus s'il ne fait que respecter l'esprit du règlement de sécurité et le bon sens éthique (cependant que ses collègues lui opposent un déni de réalité) ou si, au contraire, il fait preuve de perfectionnisme et d'entêtement déplacé, auquel cas toute sa vie professionnelle doit être repassée au crible. Les jours suivants, ses collègues évitent de partager les repas avec lui et de lui parler. Le malheureux n'y comprend plus rien. L'étau se resserre. Il est de plus en plus angoissé et perplexe. Deux jours plus tard, sur les lieux de son travail, il se jette du haut d'une cage d'escalier dans le vide en franchissant les… barrières (garde-corps). Il est hospitalisé pour fractures multiples, dépression, état confusionnel et tendance suicidaire. (Il s'agit ici d'un cas d'aliénation sociale, à différencier de l'aliénation mentale classique ainsi que la définit Sigaut [Sigaut, 1990].)

Contrairement à ce qu'on pourrait croire, des situations de ce type n'ont rien d'exceptionnel dans le travail, même si leur issue est moins spectaculaire.

3 – Sans espoir de reconnaissance

Que l'on parvienne, comme dans le cas du réanimateur, à vaincre les obstacles du réel ou que, comme dans le cas du technicien en mécanique, on doive capituler devant les obstacles à la qualité du travail, ou encore que, comme dans d'autres cas, on puisse travailler dans de bonnes conditions techniques et sociales, le résultat obtenu l'est en général au prix d'efforts qui engagent toute la personnalité et l'intelligence de celui qui travaille. Il y a des tire-au-flanc et des gens malhonnêtes mais, dans leur majorité, ceux qui travaillent s'efforcent de le faire au mieux et donnent pour cela beaucoup d'énergie, de passion et d'investissement personnel. Il est juste que cette contribution soit reconnue. Lorsqu'elle ne l'est pas, lorsqu'elle passe inaperçue dans l'indifférence générale ou est déniée par les autres, il en résulte une souffrance qui est fort dangereuse pour la santé mentale, comme nous l'avons vu à propos de l'ingénieur de la SNCF, par le truchement d'une déstabilisation des repères auxquels s'étaye l'identité.

La reconnaissance n'est pas une revendication marginale de ceux qui travaillent. Bien au contraire, elle apparaît comme décisive dans la dynamique de la mobilisation subjective de l'intelligence et de la personnalité dans le travail (ce que classiquement on désignait en psychologie par le terme « motivation au travail »).

La reconnaissance attendue par celui qui mobilise sa subjectivité dans le travail passe par des formes extrêmement réglées qui ont été analysées et élucidées depuis quelques années (jugement d'utilité et jugement de beauté) et implique la participation d'acteurs, eux aussi rigoureusement situés par rapport à la fonction et au travail de celui qui attend la reconnaissance (Dejours, 1993 b).

Reprendre ici l'analyse de la « psychodynamique de la reconnaissance » n'est pas indispensable. Il suffit d'en connaître l'existence pour saisir le rôle majeur qu'elle joue dans le destin de la souffrance au travail et la possibilité de transformer la souffrance en plaisir.

De la reconnaissance dépend en effet le sens de la souffrance. Lorsque la qualité de mon travail est reconnue, ce sont aussi mes efforts, mes angoisses, mes doutes, mes déceptions, mes découragements qui prennent sens. Toute cette souffrance n'a donc pas été vaine, elle a non seulement produit une contribution à l'organisation du travail mais elle a fait, en retour, de moi un sujet différent de celui que j'étais avant la reconnaissance. La reconnaissance du travail, voire de l'œuvre, le sujet peut la rapatrier ensuite dans le registre de la construction de son identité. Et ce temps se traduit affectivement par un sentiment de soulagement, de plaisir, parfois de légèreté d'être, d'élation même. Alors le travail s'inscrit dans la dynamique de l'accomplissement de soi. L'identité constitue l'armature de la santé mentale. Pas de crise psychopathologique qui ne soit centrée par une crise d'identité. C'est ce qui confère au rapport au travail sa dimension proprement dramatique. Faute des bénéfices de la reconnaissance de son travail et de pouvoir accéder ainsi au sens de son rapport vécu au travail, le sujet est renvoyé à sa souffrance et à elle seule. Souffrance absurde qui ne génère que de la souffrance, selon un cercle vicieux, et bientôt destructurant, capable de déstabiliser l'identité et la personnalité et de conduire à des maladies mentales. De ce fait, il n'y a pas de neutralité du travail vis-à-vis de la santé mentale. Or cette dimension « pathique » du travail est massivement sous-estimée dans les analyses sociologiques et politiques, avec des conséquences théoriques que nous envisagerons plus loin.

4 – Souffrance et défense

Cela étant, bien qu'elle soit dans l'horizon d'attente de tous ceux qui travaillent, la reconnaissance est rarement accordée de façon satisfaisante. On devrait donc s'attendre à ce que la souffrance dans le travail génère une efflorescence de manifestations psychopathologiques. C'est pour en faire l'analyse et l'inventaire que des investigations cliniques ont été entreprises sous le nom de « psychopathologie du travail ».

Au départ des recherches, dans les années 50, on s'efforçait de cerner et de caractériser les effets délétères du travail sur la santé mentale des travailleurs en vue de constituer une clinique des « maladies mentales du travail ». Malgré quelques résultats spectaculaires – la névrose des téléphonistes en particulier (Begoin, 1957) –, il n'a pas été possible de décrire une pathologie mentale du travail comparable à la pathologie des affections somatiques professionnelles, dont on connaît par ailleurs la variété et la spécificité.

Si la souffrance n'est pas suivie de décompensation psychopathologique (c'est-à-dire d'une rupture de l'équilibre psychique se manifestant par l'éclosion d'une maladie mentale), c'est parce que, contre elle, le sujet déploie des défenses qui permettent de la contrôler. L'investigation clinique a montré que, dans le domaine de la clinique du travail, il existe, à côté des mécanismes de défense classiquement décrits par la psychanalyse, des défenses construites et portées par les travailleurs, *collectivement*. Ce sont les « stratégies collectives de défense » qui sont spécifiquement estampillées par les contraintes réelles du travail. Ainsi ont d'abord été décrites les stratégies collectives de défense caractéristiques des travailleurs du bâtiment et des travaux publics, puis celles des opérateurs de conduite des industries chimiques, des agents de maintenance dans les centrales nucléaires, des soldats dans l'armée, des marins, des infirmières, des médecins et chirurgiens, des pilotes de chasse, etc. Nous en donnerons quelques descriptions (chapitre VII, 3).

Les recherches se sont donc redéployées, à partir du retournement de la question initiale : plutôt que de traquer les insaisissables maladies mentales du travail, on a pris acte de ce que, dans leur majorité, les travailleurs demeurent dans la normalité. Comment ces travailleurs parviennent-ils à ne pas devenir fous, en dépit des contraintes de travail auxquelles ils sont confrontés ? C'est alors la « normalité » elle-même qui devient énigmatique.

La normalité est interprétée comme le résultat d'un compromis entre la souffrance et la lutte (individuelle et collective) contre la souffrance dans le travail. La normalité n'implique donc pas l'absence de souffrance, bien au contraire. On peut soutenir un concept de « normalité souffrante », la normalité apparaissant alors non pas comme l'effet passif d'un conditionnement social, d'un quelconque conformisme ou d'une « normalisation » péjorative et méprisable, obtenue par « intériorisation » de la domination sociale, mais comme un résultat conquis de haute lutte contre la déstabilisation psychique provoquée par les contraintes de travail.

Des stratégies défensives très contrastées ont été mises au jour par les recherches en psychodynamique du travail de ces vingt dernières années. L'analyse détaillée du fonctionnement desdites stratégies révèle aussi qu'elles peuvent contribuer à rendre acceptable ce qui ne devrait pas l'être. De ce fait, les stratégies défensives jouent un rôle paradoxal, mais capital, au sein des ressorts subjectifs de la domination dont il a été question plus haut.

Nécessaires à la protection de la santé mentale contre les effets délétères de la souffrance, les stratégies défensives peuvent aussi fonctionner comme un piège qui désensibilise contre ce qui fait souffrir. Et, au-delà, elles permettent parfois de rendre tolérable la *souffrance éthique*, et non plus seulement psychique, si l'on entend par là la souffrance qui résulte non pas d'un mal subi par le sujet, mais celle qu'il peut éprouver de commettre, du fait de son travail, des actes qu'il réprouve moralement. En d'autres termes, il se pourrait que faire le mal, c'est-à-dire infliger à autrui « une souffrance indue » (selon la conception proposée par Pharo, sur laquelle nous reviendrons plus loin [Pharo, 1996]), occasionne aussi une souffrance à celui qui le fait, dans le cadre de son travail. Et contre cette souffrance, s'il est capable de construire des défenses, il peut sauvegarder son équilibre psychique.

La souffrance au travail et la lutte défensive contre la souffrance ont-elles une incidence sur les postures morales singulières et, au-delà, sur les conduites collectives dans le champ politique ? Cette question n'a pas été à ce jour envisagée parce que les spécialistes de la théorie sociologique et philosophique de l'action sont généralement réticents à faire une place, dans leurs analyses, à la souffrance subjective.

III

La souffrance déniée

La source principale d'injustice et de souffrance dans la société française étant actuellement le chômage, le théâtre premier de la souffrance est bien sûr celui du travail, tant pour ceux qui en sont exclus que pour ceux qui y demeurent. Les organisations syndicales sont de ce fait en première ligne. Beaucoup d'analystes considèrent que l'atonie des réactions face à la montée du malheur social est due à la faiblesse croissante des organisations syndicales. Bien entendu, cette analyse est juste. Mais elle est incomplète. La faiblesse des syndicats est-elle, là encore, cause ou conséquence ?

1 – Le déni des organisations politiques et syndicales

Notre hypothèse consisterait en ceci que la faiblesse syndicale et la désyndicalisation rapide, qui a connu la même cadence que le développement de la tolérance à l'injustice et au malheur d'autrui, ne sont pas seulement des causes de la tolérance mais un effet de cette tolérance.

En effet, le thème de la souffrance au travail, et plus

généralement des rapports entre subjectivité et travail, a été négligé par les organisations syndicales bien avant que n'éclate la crise de l'emploi.

Le thème de la souffrance dans le rapport au travail a émergé de façon massive dans les mouvements sociaux de 1968. À l'époque, un vaste débat avait éclaté sur la nature des *revendications* ouvrières. Revendications corporatives contre revendications politiques ; revendications salariales contre revendications qualitatives sur les conditions de travail et le sens du travail. Le thème de l'aliénation était alors puissamment exprimé dans le monde des ouvriers et des employés, mais il était presque systématiquement écarté de la discussion par les organisations syndicales majoritaires.

Si le mouvement gauchiste s'est emparé de ces revendications laissées pour compte par les syndicats et le PCF, il ne les a reprises que dans la perspective d'un mouvement de rassemblement en faveur d'objectifs politiques révolutionnaires orientés vers la prise du pouvoir. En tant que telle, la souffrance au travail n'a pas été mieux analysée ni mieux prise en considération par le mouvement gauchiste que par les organisations traditionnelles. Et lorsque, çà et là, la souffrance psychique a été décrite, c'était dans le fil d'un roman ou d'un récit (Linhart, 1978), pas dans un texte d'analyse politique ou syndicale. Seules la souffrance physique et les revendications sur les accidents du travail, les maladies professionnelles et plus généralement sur le thème de la santé du *corps*, ont été relayées par les diverses organisations politiques. Encore faut-il signaler que, en France en particulier, le thème de la santé au travail a été traité beaucoup plus lentement et parcimonieusement que dans d'autres pays européens (Rebérioux, 1989), voire hors d'Europe (Crespo-Merlo, 1996).

Au-delà de la santé du corps, les préoccupations relatives à la santé mentale, à la souffrance psychique au travail, à la crainte de l'aliénation, à la *crise du sens du travail*, non seulement n'ont été ni analysées, ni comprises, mais elles ont été le plus souvent rejetées et disqualifiées.

Dans les années 70, aussi bien les organisations syndicales majoritaires que les organisations gauchistes ont refusé de prendre en considération les questions relatives à la *subjectivité* dans le travail. Si quelques rares études ont été soutenues et faites à la demande de la CGT sur la psychopathologie du travail avant 1968 (Begoin, 1957 ; Le Guillant, 1985 ; Moscovitz, 1971), très peu de recherches ont été menées sur ce terrain après 1968.

Les enquêtes commencées dans les années 70 en psychopathologie du travail se sont, à l'époque, heurtées à l'interdiction syndicale et à la condamnation gauchiste. Tout ce qui concernait la subjectivité, la souffrance subjective, la pathologie mentale, les traitements psychothérapiques, suscitait méfiance, voire désaveu public, sauf dans quelques cas notoires (Hodebourg, 1993). Les raisons de cette réticence ? Toute approche des problèmes psychologiques par les psychologues, les médecins, les psychiatres et les psychanalystes était entachée d'un péché capital : celui de privilégier la subjectivité individuelle, d'être censée conduire à des pratiques individualisantes et de nuire à l'action collective. L'analyse de la souffrance psychique relevait de la *subjectivité* – simple reflet fictif et sans valeur relevant du *subjectivisme* et de l'idéalisme. Supposées antimatérialistes, ces préoccupations sur la santé mentale étaient suspectes de *nuire à la mobilisation collective et à la conscience de classe*, au profit d'un « nombrilisme petit-bourgeois » de nature foncièrement réactionnaire. L'esprit de la déclaration dénonçant

« la psychanalyse comme idéologie réactionnaire » (Bonnafé *et al.*, 1949) dominait encore les analyses des organisations syndicales et gauchistes dans les années 70. De mon point de vue, il s'agit d'une erreur historique qui a eu des incidences redoutables :

– Non seulement les recherches dans le domaine de la souffrance psychique n'ont pas pu être développées, mais celles qui ont été tentées ont été entravées, ce qui a eu pour conséquence une ignorance privant lesdites organisations d'idées et de moyens d'action dans un domaine qui devait pourtant devenir décisif.

– Pendant le même temps, les recherches en psychologie du travail, en psychosociologie, sur le stress au travail et plus largement en psychopathologie générale et en psychanalyse, ont fait leur chemin dans de vastes secteurs de la société (écoles, justice, hôpitaux, police, partis politiques, etc.) et parmi de nombreux milieux de praticiens, jusques et y compris parmi les spécialistes du commerce, de la gestion, des médias, de la communication et du management. Mais pas dans le domaine de la médecine du travail, ni dans celui des syndicats ! Ce retard des uns, ce décalage croissant par rapport aux préoccupations de la population, cette sensibilisation croissante des autres (parmi les praticiens, les cadres, les gestionnaires et l'intelligentsia) ont présidé à l'apparition progressive (et à un rythme soutenu) de pratiques nouvelles : formation des cadres à la dynamique de groupe, à la psychosociologie, à l'animation, etc.

De ce vaste mouvement, se déployant en dehors des organisations ouvrières, le résultat le plus tangible a été l'*émergence, dans les années 80, de la notion nouvelle de « ressources humaines »*. Là où les syndicats refusaient de s'aventurer, le patronat et les cadres forgeaient de nouvelles conceptions et introduisaient de nouvelles pratiques concernant la subjectivité et le sens du travail : culture d'entreprise, projet institutionnel, mobilisation organisationnelle, etc., accroissant de façon dramatique le fossé entre capacité d'initiative des cadres et du patronat, d'un côté, capacité de résistance et d'action collective des organisation syndicales, de l'autre.

– Mais la conséquence la plus redoutable de cette rétivité syndicale à l'analyse de la subjectivité et de la souffrance dans le rapport au travail est incontestablement que, du même coup, *ces organisations ont contribué de façon malencontreuse à la disqualification de la parole sur la souffrance, et, de ce fait, à la tolérance à la souffrance subjective*. L'organisation de la tolérance à la souffrance psychique, au malheur, est donc, pour une part, le résultat de la politique des organisations syndicales et gauchistes, ainsi que des partis de gauche. Là est le paradoxe.

Ce faisant, les thèmes de préoccupation avancés par lesdites organisations ne correspondaient plus au vécu des personnes au travail, et cela dès le début des années 70. De sorte qu'une dizaine d'années plus tard, en plein développement du chômage, les salariés ne se reconnaissaient déjà plus dans les thèmes de mobilisation avancés par leurs organisations. La désyndicalisation irrésistible se poursuivit jusqu'à ce que la France soit le pays comptant le plus faible taux de syndiqués de toute l'Europe. En d'autres termes, la faiblesse syndicale pourrait être liée, pour une part au moins, à une erreur d'analyse concernant la signification des événements de Mai 1968. Cette faiblesse était donc présente à l'état latent avant la crise de l'emploi et le tournant socialiste en faveur du libéralisme économique. La faiblesse syndicale ne serait pas la cause de la tolérance à l'injustice qu'on connaît aujourd'hui, mais la conséquence d'une méconnaissance et d'une absence d'analyse de la souffrance subjective par les organisations syndicales elles-mêmes, dès avant la crise de l'emploi.

Le silence social sur l'injustice et le malheur qui a permis le triomphe de l'économicisme de l'ère mitterrandienne pourrait bien, en dernier ressort, relever d'un rendez-vous historique manqué des organisations syndicales avec la question de la subjectivité et de la souffrance, induisant un retard énorme sur l'essor des thèses du libéralisme économique, et laissant le champ libre aux tenants des concepts de ressources humaines, de culture d'entreprise, et occasionnellement une sérieuse difficulté à produire un projet alternatif à l'économicisme de gauche comme de droite.

2 – Honte et inhibition de l'action collective

L'absence de réaction collective face au malheur social et psychologique occasionné par le *chômage* aujourd'hui a donc été précédée par un refus délibéré de mobilisation collective face à la *souffrance* occasionnée *par le travail*, au prétexte que cette souffrance relevait de la sensiblerie, que se mobiliser sur la souffrance psychique, c'était prendre le reflet pour la cause et conduire le mouvement politico-syndical à l'impasse.

L'indifférence à la souffrance psychique de ceux qui travaillent a ainsi ouvert le chemin à la tolérance sociale face à la souffrance des chômeurs. Mais cela ne constitue qu'une condition favorisante, et cette étape de notre histoire ne saurait expliquer, à elle seule, la tolérance croissante à la souffrance et à l'injustice. Il faut encore approfondir l'analyse du rapport au travail qui est devenue dans les années 80 la cible des conceptions néolibérales.

L'erreur d'analyse des organisations politico-syndicales sur l'évolution des mentalités et des préoccupations émergentes vis-à-vis de la souffrance dans le travail a laissé le champ libre aux innovations managériales et économiques. Ceux qui spéculaient, qui accordaient des largesses fiscales sans précédent aux revenus financiers, qui favorisaient les revenus du patrimoine au détriment des revenus du travail, qui organisaient une redistribution inégalitaire des richesses (qui se sont considérablement accrues dans le pays en même temps qu'apparaissait une nouvelle pauvreté), ceux-là mêmes qui généraient le malheur social, la souffrance et l'injustice, étaient dans le même temps les seuls à se préoccuper de forger de nouvelles utopies sociales. Ces nouvelles utopies, inspirées par les États-Unis et le Japon, soutenaient que la promesse de bonheur n'était plus dans la culture, dans l'école, ou dans la politique, mais dans l'avenir des entreprises. Les « cultures d'entreprise » ont alors foisonné, avec de nouvelles méthodes de recrutement et de nouvelles formes de gestion, notamment de direction des « ressources humaines ». En même temps que l'entreprise était la base du départ de la souffrance et de l'injustice (plans de licenciement, « plans sociaux »), elle devenait championne de la promesse de bonheur, d'identité et de réalisation pour ceux qui sauraient s'y adapter et apporter une contribution substantielle à son succès et à son « excellence ».

Désormais, en deçà de son objectif principal – le profit – ce qui caractérise une entreprise ce n'est plus sa *production*, et ce n'est plus le *travail*. Ce qui la caractérise c'est son *organisation*, sa *gestion*, son *management*. Un déplacement qualitativement essentiel est ainsi proposé. *Le thème de « l'organisation » (de l'entreprise) supplante le thème du travail dans les pratiques discursives du néolibéralisme*.

Il s'agit là d'un véritable tournant dont la caractéristique principale n'est pas de promouvoir la direction et la gestion, qui ont toujours occupé une place de choix, mais de disqualifier les préoccupations sur le travail, dont on conteste désormais la *« centralité »*, tant sur le plan économique que sur les plans social et psychologique.

En ce qui concerne le problème de la centralité du travail et de son désaveu depuis une quinzaine d'années, on se réfèrera à plusieurs sources où le débat a été repris récemment : Freyssenet (1994) ; De Bandt, Dejours, Dubar (1995) ; Cours-Salies (1995) ; Kergoat (1994). En substance, les thèses néolibérales sont les suivantes :

– Il n'y a plus de travail. Ce dernier devient une denrée rare dans notre société. La raison principale en serait le progrès technologique, l'automatisation, la robotisation, etc.

– Le travail ne pose plus de problème scientifique, il serait devenu entièrement transparent, intelligible, reproductible et formalisable, et l'on serait en mesure, progressivement, de remplacer l'homme par des automates. Le travail ne relèverait plus que de l'exécution. Les seuls problèmes résiduels de l'entreprise résideraient dans la conception et la gestion.

– Le travail ayant perdu son mystère, il ne pourrait plus constituer une occasion d'accomplissement de soi, ni une source de sens pour les hommes et les femmes de la « société postmoderne ». Il serait donc souhaitable de rechercher des substituts au travail, comme médiateur de la subjectivité, de l'identité et du sens (Gorz, 1993 et Meda, 1995).

Ces trois thèses sont contestables :

– Le travail ne devient pas une denrée rare, d'une part. Pendant que l'on « dégraisse les effectifs », ceux qui continuent de travailler le font de plus en plus intensément, et la durée réelle de leur travail ne cesse de s'accroître. Non seulement chez les cadres, mais aussi chez les techniciens, les employés et tous les « exécutants », en particulier les sous-traitants. Une part importante du travail, d'autre part, est « délocalisée » vers les pays du Sud, en Extrême-Orient par exemple (Pottier, 1997), où il est redoutablement mal payé. Le travail ne diminue pas, il augmente au contraire, mais il change de site géographique par le biais de la division internationale du travail et des risques. Enfin, une partie du travail, non chiffrable bien entendu, est « délocalisée » non plus vers le Sud mais vers l'intérieur, par le recours à la sous-traitance, au travail précaire, aux petits boulots, au travail non rémunéré (stage en entreprise, apprentissage, heures supplémentaires à discrétion, etc.), au travail illégal (ateliers clandestins dans l'habillement, sous-traitance en cascade dans le bâtiment et les travaux publics ou dans la maintenance des centrales nucléaires, entreprises de déménagement et de nettoyage, etc.).

– Le travail n'est pas entièrement intelligible, formalisable et automatisable : au moment où l'on diffuse le slogan de « la qualité totale », les incidents sont de plus en plus nombreux, qui affectent la qualité du travail, la sécurité des personnes et la sûreté des installations. La dégradation des conditions d'hygiène et les erreurs dans l'administration des soins dans les hôpitaux sont de plus en plus difficiles à dissimuler. Les accidents mortels du travail ont recommencé à croître depuis plusieurs années, notamment dans le bâtiment et les travaux publics. La sûreté des trains est altérée par l'augmentation des accidents ferroviaires, la sûreté des centrales nucléaires est remise en cause.

– Le travail demeure le seul médiateur de l'accomplissement de soi dans le champ social et on ne voit actuellement aucun candidat pour lui être substitué (Rebérioux, 1993).

– Si le travail peut être médiateur de l'émancipation, il demeure aussi, pour ceux qui ont un emploi, générateur de souffrances, comme l'ont montré les recherches en psychodynamique du travail depuis une quinzaine d'années ; non seulement de souffrances déjà connues, mais de nouvelles souffrances spécifiquement liées au nouveau management, notamment chez les cadres, comme nous le verrons plus loin.

Quant à ceux qui souffrent de l'intensification du travail, de l'augmentation de la charge de travail et de la pénibilité, ou encore de la dégradation progressive des relations de travail (arbitraire des décisions, méfiance, individualisme, concurrence déloyale entre agents, arrivisme débridé, etc.), ils éprouvent beaucoup de difficultés à réagir collectivement.

En situation de chômage et d'injustice liée à l'exclusion, les travailleurs tentant de lutter par des grèves se heurtent à deux types de difficultés qui, pour subjectives qu'elles soient, n'en ont pas moins des incidences importantes sur la mobilisation collective et politique :

– La culpabilisation par « les autres », c'est-à-dire l'effet subjectif du jugement de désapprobation proféré par les politiciens, les intellectuels, les cadres, les médias, voire par la majorité silencieuse, selon lesquels il s'agit de grèves de « nantis », qui, de plus, constitueraient une menace pour la pérennité des entreprises (supposées toutes précaires, même lorsque ce n'est pas le cas). En 1988-1989, par exemple, les grèves organisées par les cheminots et les enseignants ont été très largement dénoncées, y compris par la gauche, et ont d'ailleurs, dans une large mesure, échoué pour ce motif. Les grèves de 1995 et celles qui ont suivi n'ont accordé qu'avec parcimonie une place à l'analyse de la souffrance au travail, dont on hésite à faire un thème de discussion spécifique à part entière. Ce sont surtout la lutte contre l'abandon des valeurs liées au service public et la dénonciation du chômage qui peuvent être mises en avant, mais le débat sur la souffrance au travail reste encore embryonnaire.

– La honte spontanée de protester quand d'autres sont beaucoup plus mal lotis : tout se passe comme si, aujourd'hui, les rapports de domination et l'injustice sociale n'atteignaient que les chômeurs et les pauvres cependant qu'ils laissaient indemnes ceux qui, puisqu'ils ont un emploi et des ressources, sont des privilégiés. Lorsqu'on évoque la situation de ceux qui souffrent *à cause du travail*, on déclenche souvent une réaction de recul ou d'indignation, parce que l'on semble, de ce fait, témoigner d'une incapacité à s'émouvoir du sort supposé pire de ceux qui souffrent à cause de la privation du travail.

L'espace ouvert à la parole sur la souffrance au travail se réduit tellement que des drames se produisent depuis ces dernières années qu'on n'avait jamais vus auparavant : tentatives de suicide ou suicides réussis, sur le lieu du travail, qui témoignent probablement de l'impasse psychique générée par l'absence d'interlocuteur pour écouter la parole de celui qui souffre de son travail et le mutisme généralisé.

Dans une entreprise industrielle où nous avons été appelé en consultation, un technicien est retrouvé pendu au petit matin sur son poste de travail. Le personnel – les collègues, les camarades –, on s'en doute, est gravement secoué. Le médecin du travail, victime aussi de multiples tentatives d'intimidation par la direction pour le dissuader de « faire du zèle » dans son activité médicale auprès des salariés, fait parvenir, au nom du CHSCT (Comité d'hygiène, de sécurité et des conditions de travail), une demande d'enquête de psychopathologie du travail sur les causes et les conséquences du suicide du technicien. Plusieurs réunions ont lieu avec l'équipe d'experts sur le site industriel, en présence des partenaires sociaux. Mais la pression sur l'emploi exercée par la direction depuis plusieurs mois est d'une telle intensité que les syndicats font de la question de l'embauche leur préoccupation prioritaire. Dans ce contexte, la honte de mettre au-devant de la scène une discussion sur la souffrance au travail et de réclamer, pour ce faire, des crédits en vue de financer l'enquête, génère tergiversations et hésitations, jusqu'à ce que la demande initialement portée par les syndicats s'éteigne par fléchissement de la volonté et de la conviction. Ainsi la honte de dire la souffrance au travail face à la souffrance de ceux qui risquent le licenciement conduit à laisser un suicide sans analyse, sans explication, sans discussion. La honte de se plaindre génère un précédent redoutable : on peut désormais se suicider dans un atelier de cette entreprise sans que cela fasse événement. Précédent redoutable de banalisation d'un acte désespéré, pourtant assez spectaculaire et éloquent, manifestement adressé à la collectivité de travail et à l'entreprise. Ainsi la mort d'un homme, d'un collègue dans l'atelier, peut-elle faire partie intégrante de la situation de travail et être ravalée au statut d'incident ordinaire. Demeurer ainsi à son poste de travail sans broncher signifie-t-il que le suicide fait dorénavant partie du décor ?

D'autres cas aussi graves et parfois plus spectaculaires encore ont donné lieu ces dernières années à des demandes d'expertise qui ont toutes connu un destin similaire à celui qui vient d'être évoqué : silence et mutisme générant bientôt le secret et, enfin, l'amnésie forcée.

Ainsi, à la première phase du processus de construction de la tolérance à la souffrance qu'a constituée le *refus syndical* de prendre en considération la subjectivité succède une deuxième phase : celle de la *honte* de rendre publique la souffrance engendrée par les nouvelles techniques de gestion du personnel.

On répliquera sans doute que je m'intéresse ici à la souffrance de ceux qui travaillent et non à celle des chômeurs ou des marginalisés, qui est pourtant au point de départ de la discussion sur la tolérance à la souffrance dans la société contemporaine.

Mon point de vue repose sur ce que la clinique psychopathologique nous enseigne à propos de la perception de la souffrance à la troisième personne (c'est-à-dire de la souffrance infligée à autrui par un tiers). La perception de la souffrance d'autrui ne relève pas seulement d'un processus cognitif, au demeurant fort complexe, dans sa construction psychique et sociale (Pharo, 1996). Elle implique toujours, aussi, une participation pathique[1] du

1. Le terme « pathique » reviendra à plusieurs reprises dans ce texte à titre de qualificatif renvoyant au souffrir et à la souffrance,

sujet qui perçoit. Percevoir la souffrance d'autrui déclenche une expérience sensible et une émotion à partir desquelles s'associent des pensées dont le contenu dépend de l'histoire singulière du sujet percevant : culpabilité, agressivité, jouissance, etc.

La perception de la souffrance d'autrui déclenche donc un processus *affectif*. En retour, ce processus affectif semble indispensable à l'achèvement de la perception par la prise de conscience. En d'autres termes, la stabilisation mnésique de la perception nécessaire à l'exercice du jugement (le relais du système perception-conscience par le système préconscient, dans la théorie psychanalytique) dépend de la réaction défensive du sujet face à son émotion : rejet, désaveu ou refoulement. En cas de désaveu ou de rejet, le sujet ne mémorise pas la perception de la souffrance d'autrui, il en perd la conscience.

Or nous venons de voir que le sujet qui souffre lui-même de son rapport *au travail* est souvent conduit, dans la situation actuelle, à lutter contre l'expression publique de sa propre souffrance. Il risque alors d'être affectivement dans une posture d'indisponibilité et d'*intolérance* à l'émotion que déclenche en lui la perception de la souffrance d'autrui[2]. *De sorte que, en fin de compte, l'intolérance affective à sa propre émotion réactionnelle conduit le sujet à s'isoler de la souffrance de l'autre par une atti-*

---

au pâtir et à la passion, avec leurs connotations de subir, sentir, éprouver, supporter, endurer, des situations générant de la douleur ou du plaisir.

2. « Oublier » le suicide d'un camarade de travail, comme cela a été évoqué plus haut, suppose la mise en place d'une défense (désaveu) qui fonctionne comme un anesthésique face à sa propre émotion, mais suppose aussi de se « blinder » contre la perception de la souffrance d'autrui, pour ne pas risquer de lever l'amnésie et d'être envahi par l'angoisse.

tude d'indifférence – donc de tolérance à ce qui provoque sa souffrance.

En d'autres termes, la conscience de – ou l'insensibilité à – la souffrance des chômeurs est indéfectiblement tributaire du rapport du sujet à sa propre souffrance. C'est la raison pour laquelle l'analyse de la tolérance à la souffrance du *chômeur* et à l'injustice qu'il subit passe par l'élucidation de la souffrance au *travail.* Ou, pour le dire en d'autres termes, *l'impossibilité d'exprimer et d'élaborer la souffrance au travail constitue un obstacle majeur à la reconnaissance de la souffrance de ceux qui chôment.*

3 – Émergence de la peur et soumission

C'est en pénétrant plus avant dans le monde du travail que nous pouvons poursuivre l'analyse de la tolérance sociale à la souffrance et à l'injustice. En effet, dans la troisième étape du processus s'effectue un nouveau clivage, non plus entre souffrance et indignation, mais entre deux populations : ceux qui travaillent et ceux qui sont victimes du chômage et de l'injustice.

Les licenciements n'ont pas seulement pour effet d'augmenter la charge de travail de ceux qui demeurent dans l'entreprise. Une enquête récente dans l'industrie automobile montre que la souffrance de ceux qui travaillent revêt des formes nouvelles et inquiétantes. Il s'agit d'une enquête réalisée dans un atelier de construction automobile en 1994, vingt ans après une première enquête menée dans le même atelier. Selon les ingénieurs des méthodes, l'organisation du travail dans cette usine a radicalement changé par rapport à ce qu'elle était il y a vingt ans, puisqu'on y a introduit les méthodes inspirées du modèle japonais, en particulier les *flux tendus*.

La surprise est grande de constater que la différence principale, au niveau des « opérateurs[3] », par rapport aux anciens OS (ouvriers spécialisés), concerne leur nombre, nettement moins important qu'autrefois. On remarque aussi le moindre encombrement des ateliers, tant par les pièces détachées que par le nombre de surveillants (peu de régleurs, de contremaîtres, pas de chronométreur).

Mais le travail, en tant qu'activité (au sens ergonomique du travail), n'est en fin de compte guère différent qualitativement de ce qu'il était il y a vingt ans. L'analyse plus détaillée du vécu ouvrier révèle que les temps morts ont disparu, que le « taux d'engagement » (c'est-à-dire la part du temps de présence sur la chaîne, consacré à des tâches directes de fabrication, de montage ou de production [une fois soustraits les temps de déplacement, d'approvisionnement, de pause ou de relâchement]) est beaucoup plus pénible que par le passé, qu'il n'existe aucun moyen actuellement de ruser avec les cadences, aucune possibilité, même transitoire, de se dégager individuellement ou collectivement des contraintes de l'organisation. La préoccupation principale, du point de vue subjectif, c'est l'*endurance*, c'est-à-dire la capacité de

3. C'est le terme qui tend à s'imposer depuis quelques années pour désigner les ouvriers. Il s'agissait à l'origine d'un terme employé par les ergonomes pour nommer tous ceux qui travaillent sans considération de statut social, professionnel ou hiérarchique. Puis il a été employé dans certaines industries pour remplacer le terme « technicien », où il était considéré comme plus flatteur que ce dernier (« opérateur de conduite », par exemple). Suivant en cela la dérive habituelle, le terme est aujourd'hui couramment utilisé pour désigner les ouvriers, qui ont ainsi bénéficié successivement des titres de manœuvre, puis d'ouvrier spécialisé (OS) et maintenant d'opérateur.

tenir dans l'instant et dans la durée, sans « couler », sans être meurtri par l'usure de la peau des mains (certains ouvriers entourent leurs doigts de chiffons pour ne pas saigner), sans se blesser et sans tomber malade. Les contraintes de travail et les cadences sont à proprement parler « infernales ». Mais on ne le dit plus ! Ça va de soi. La souffrance morale et physique est intense et s'entend mieux chez les jeunes, en petit nombre dans l'usine (où la moyenne d'âge des opérateurs est supérieure à 40 ans). En effet, ces derniers passent par une sélection redoutable : plus de 15 000 personnes chaque année se présentent spontanément à la porte de l'usine pour demander à être embauchées. On apprend par la direction des ressources humaines que toutes les candidatures sont examinées cependant que ne seront en fin de compte embauchés que 150 à 300 jeunes. La sélection, on s'en doute, passe par des épreuves multiples et variées au cours desquelles on sonde la « motivation », qui doit être puissante, sans faille, et associée à un goût pour l'effort et à des preuves de bonne volonté et de discipline, pour qu'un candidat soit retenu[4].

Il bénéficie alors d'une formation, au cours de laquelle on lui révèle qu'il a été choisi parce qu'il fait partie des meilleurs et qu'il est donc désormais considéré comme un élu, qu'il fait partie de l'élite et qu'on attend de lui des performances à la hauteur de ses capacités et de ses obligations morales à l'égard de l'entreprise qui lui accorde sa confiance ainsi que le privilège d'entrer en son sein.

4. D'autres moyens tout aussi sophistiqués sont aujourd'hui déployés pour effectuer la sélection puis la surveillance psychologique des travailleurs en situation, au nom de la sécurité ou de la sûreté, impliquant la participation de psychologues, de médecins du travail et de psychiatres.

S'il s'implique authentiquement, l'entreprise peut lui assurer une belle carrière.

Mais si l'on recrute des jeunes, c'est bien entendu pour préparer la relève des ouvriers vieillissants qui travaillent sur la chaîne. Désireux d'apprendre et de montrer leur ardeur, les jeunes acceptent toutes les tâches de polyvalence, sans lésiner. Mais quelque temps plus tard, ils comprennent : d'avenir il n'y a pour eux que la chaîne. Et s'ils ne tiennent pas, ils seront remerciés.

Alors, progressivement, leur point de vue évolue. Le travail devient peu à peu un malheur. Après la déception vient l'impression macabre d'être vidé par la chaîne et par l'entreprise de sa substance vitale, de son élan, de son sang même : d'être « anémié », « spolié », « ponctionné ». Car, comme on le leur a dit au stage après l'embauche : « Vous êtes le sang neuf de l'entreprise. » « L'entreprise a besoin de jeunesse et de sang neuf. » Autant de métaphores qui se retournent cruellement dans leurs jeunes esprits de 20 ans. Et puis, s'ils gardent par-devers eux, sans y croire vraiment, le secret espoir de quitter un jour la chaîne pour être promu chef d'unité élémentaire de travail (UET), c'est parce que c'est la condition *sine qua non* pour supporter la chaîne épuisante qui use à une rapidité effarante.

Aussi regardent-ils avec respect, voire admiration, les anciens : comment font-ils donc pour tenir, pour résister à cette organisation du travail redoutable ? Où trouvent-ils depuis tant d'années les ressorts de leur endurance ? De fait, beaucoup parmi ces jeunes embauchés, même motivés, décidés et enthousiastes, ne parviennent pas à soutenir les cadences. Et le turn-over (c'est-à-dire le taux de départs et de remplacements par rapport à la population des jeunes embauchés) reste anormalement élevé selon la direction des ressources humaines.

Ces ouvriers travaillent chroniquement en sous-effectif. Chaque matin, c'est pour le chef d'UET la reprise des conflits et des négociations avec les collègues des autres unités, pour marchander un ou plusieurs opérateurs et tenter d'atténuer les effets des sous-effectifs sur le segment de chaîne dont il est responsable.

« L'autocontrôle » à la japonaise constitue un surcroît de travail, et un système diabolique de domination auto-administré, qui dépasse de très loin les performances disciplinaires qu'on pouvait obtenir par les moyens conventionnels de contrôle de jadis. Nous ne pouvons ici reprendre toutes les descriptions du vécu subjectif des opérateurs. Nous n'en proposons un aperçu que pour camper le décor. De nombreuses enquêtes sur la production, la productivité, la gestion, la qualité, etc., avaient été réalisées par des chercheurs extérieurs à cette entreprise automobile depuis une vingtaine d'années. Mais *aucune* enquête n'avait été pratiquée sur le vécu subjectif de la condition « d'opérateur de production ». Notre enquête nous conduit ainsi à une situation inédite. Entre la description de la situation par les autres enquêtes et la nôtre il y a si peu de ressemblance qu'on a le sentiment que nos collègues chercheurs et nous-mêmes n'avons pas eu accès à la même usine, ni aux mêmes ateliers, ni à la même entreprise, ni aux mêmes secteurs de production, ni aux mêmes ouvriers. Les chercheurs mentionnés et les ingénieurs des méthodes en activité décrivent la situation actuelle comme s'il s'agissait d'un monde radicalement nouveau. Pour nous, il y a au contraire une similitude incontestable entre hier et aujourd'hui, avec toutefois une aggravation nette de la souffrance subjective des opérateurs et des chefs d'UET (qui ont succédé aux anciens contremaîtres). Ce paradoxe nous a conduit à proposer l'introduction d'un nouveau concept : celui de décalage entre *« description* (au sens d'Anscombe, 1979) *gestionnaire du travail »* (fournie par les cadres) et *« description subjective du travail »* (A. Llory et M. Llory, 1996).

La « description subjective », qu'on oppose à la « description gestionnaire », est une description du travail qui est reconstruite à partir du récit des opérateurs et des chefs d'UET. Récit des difficultés que les uns et les autres rencontrent dans l'exercice de leur travail ; récit aussi des façons de « s'arranger » avec ces difficultés, de les surmonter ou de les contourner, voire de s'en défausser sur autrui. On découvre alors que le travail ne se présente pas du tout comme le souhaiteraient les concepteurs, les ingénieurs des méthodes ou les gestionnaires. Les imprévus sont légion, l'organisation du travail est constamment sujette à des modifications et à des improvisations qui placent opérateurs et chefs d'unité dans des situations chaotiques, où il est impossible de prévoir ce qui va se passer.

Cette « description » du travail est subjective en ce sens qu'elle est construite à partir de l'élaboration de l'expérience vécue des opérateurs, en suspendant toute référence à l'organisation formelle. Subjective n'implique donc pas que le contenu de cette description soit arbitraire ou fantaisiste. Au contraire, pour parvenir à la description subjective du travail, il faut recourir à une méthodologie scientifique lourde (Dejours, 1993 b).

La « description gestionnaire » du travail est donnée par les services des méthodes, par le service de la qualité et par le service de gestion des ressources humaines.

Opposer la « description subjective » à la « description gestionnaire » du travail ne revient pas à affirmer que la vérité serait du côté de la première, cependant que l'erreur serait du côté de la seconde. Là n'est pas la question. L'une comme l'autre sont des façons de décrire l'organisation réelle du travail, en tentant de la cerner ou de l'approcher au plus près. Pour l'heure, apparaît comme particulièrement préoccupant l'écart croissant entre ces deux descriptions. Tant vis-à-vis du souci de connaissance de la réalité du fonctionnement du procès de travail que vis-à-vis de ce qui se passe pour ceux qui sont sur la chaîne. De toute évidence, le travail ne se présente pas du tout de la façon réglée et maîtrisée que laisse supposer la description gestionnaire. Au contraire, les difficultés, les efforts à fournir pour pallier les incidents itératifs survenant sur la chaîne, le taux d'engagement confèrent au travail sur chaîne une pénibilité croissante.

La question qui, une fois encore, est ici posée, c'est celle de la faiblesse ou de l'absence de mouvement collectif de lutte contre une condition qui n'aurait pas été tolérée il y a quinze ou vingt ans en France. L'explication la plus vraisemblable de la pérennité de cette situation semble être – après restitution des résultats de l'enquête, validation et confirmation des interprétations par les opérateurs, les chefs d'UET et les cadres eux-mêmes – l'*apparition de la peur*.

Tous ces travailleurs vivent constamment sous la menace du licenciement. L'essentiel des variations du rythme de production (en fonction des carnets de commande) est absorbé par des emplois précaires, des contrats à durée déterminée et surtout par des contrats emploi-solidarité (CES).

En d'autres termes, la précarité ne touche pas que les travailleurs précaires. Elle a des conséquences majeures sur le vécu et sur les conduites de ceux qui travaillent.

En définitive, c'est leur emploi qui est précarisé par le recours possible aux emplois précaires pour les remplacer, et aux licenciements pour le moindre écart (il n'y a presque plus d'absentéisme, les opérateurs continuent à travailler même lorsqu'ils sont malades, tant qu'ils en sont capables).

Aussi convient-il de préférer le terme de *« précarisation »* à celui de précarité.

– Le premier effet de la précarisation, c'est donc l'intensification du travail et l'augmentation de la souffrance subjective (avec sans doute un taux de morbidité accru mais « extériorisé » de l'entreprise par le truchement du licenciement).

– Le deuxième effet, c'est la neutralisation de la mobilisation collective contre la souffrance, contre la domination et l'aliénation.

– La troisième conséquence, c'est la stratégie défensive du silence, de la cécité et de la surdité. Chacun doit d'abord se préoccuper de « tenir ». Le malheur d'autrui, non seulement « on n'y peut rien », mais sa perception même constitue une gêne ou une difficulté subjective supplémentaire, qui nuit aux efforts d'endurance. Aussi convient-il, pour résister, de se fermer à ce que l'on voit, à ce que l'on entend autour de soi, dans le registre de la souffrance et de l'injustice infligées à autrui. Notre enquête montre que tous, des opérateurs aux cadres, se défendent de la même manière : *par le déni de la souffrance des autres et le silence sur la sienne propre*.

– Le quatrième effet de la menace au licenciement et à la précarisation, c'est l'individualisme, le chacun pour soi. Ainsi que l'écrit Sofsky (1993, p. 358), à partir d'un certain niveau de souffrance, « la misère ne rassemble pas : elle détruit la réciprocité ».

Se pose alors inévitablement le problème de la mobilisation subjective de l'intelligence, de l'ingéniosité et surtout celui de la coopération (horizontale et verticale) sans lesquelles le procès de travail est paralysé. Les effets pervers de la peur n'ont-ils donc pas, à terme, un impact défavorable sur la qualité et la productivité ?

À cette question, il est difficile de donner une réponse convaincante. Indubitablement, « la production sort ». La qualité, tous les indicateurs semblent l'attester, est excellente (« qualité totale »). Toutefois, l'analyse détaillée des indicateurs laisse perplexe. Les gains de productivité pourraient bien résulter essentiellement de la réduction de l'absentéisme, de la diminution des coûts de main-d'œuvre et de l'absence de mouvements revendicatifs plutôt que de l'amélioration de la qualité *stricto sensu*. Il ne s'agit pas que d'une nuance mais d'une question fondamentale sur la stabilité des systèmes et de l'organisation, sur sa capacité de résistance et sur sa pérennité.

Des enquêtes pratiquées dans d'autres secteurs industriels (production nucléaire d'électricité) conduisent plus clairement à un constat de dégradation de la qualité, de la sécurité des personnes et de la sûreté des installations (Doniol-Shaw, Huez et Sandret, 1995 ; Birraux, 1995 ; et Labbé et Recassens, 1997).

Quoi qu'il en soit, la description du travail est fortement contrastée, selon que l'on se réfère au point de vue des gestionnaires ou à celui des opérateurs. Si les enquêtes pratiquées par d'autres chercheurs confirment la description gestionnaire des flux tendus et du *kan ban*[5], c'est parce que ces enquêtes sont construites à partir de la

5. Un des principes d'organisation caractéristiques du modèle japonais de production (Hirata, 1993).

description formulée par les gestionnaires, qui sert à la fois de base de départ et de référence : « Il faut adopter la perspective directrice de la tête de l'organisation pour confondre la propagande idéologique avec l'habitus effectif des membres » (Sofsky, 1993, p. 358). C'est la perspective adoptée par certains chercheurs.

Pour l'heure, nous retiendrons que les travailleurs soumis à cette forme nouvelle de domination par le maniement managérial de la menace à la précarisation vivent constamment *dans la peur*. Cette peur est permanente et génère des conduites d'obéissance, voire de soumission. Elle casse la réciprocité entre les travailleurs, elle coupe le sujet de la souffrance de l'autre qui souffre aussi, pourtant, de la même situation. À plus forte raison, elle coupe radicalement ceux qui subissent la domination dans le travail de ceux qui sont loin de cet univers – des exclus, des chômeurs – et de leur souffrance, qui est très différente de celle que connaissent ceux qui travaillent. Ainsi la peur produit-elle une séparation subjective croissante entre ceux qui travaillent et ceux qui ne travaillent pas.

4 – De la soumission au mensonge

Compte tenu de la description du rapport au travail obtenue à partir du récit des travailleurs, comment est-il possible de maintenir une description gestionnaire aussi décalée et aussi divergente par rapport à la réalité de l'expérience vécue du travail ? Il ne s'agit pas ici de remettre en cause l'authenticité de la description gestionnaire du travail. Cette dernière est construite à partir d'indices, d'indicateurs, de décisions et de résultats, qui, même s'ils étaient un tant soit peu contestables scientifiquement, n'en sont pas moins, parfois, véridiques. À supposer même que la description gestionnaire soit parfaitement authentique, comment expliquer :

– l'importance surprenante du décalage entre description gestionnaire et description subjective du travail ?

– l'absence de discours organisé, de contestation de la description gestionnaire du travail, en provenance non seulement des opérateurs, mais surtout des cadres eux-mêmes ?

En effet, les cadres ont une certaine connaissance du sort fait à leurs subordonnés et de la souffrance de ces derniers. Et surtout, ils ont une connaissance assez circonstanciée des *difficultés réelles* que ceux-ci rencontrent pour effectuer leur travail et tenter d'atteindre les objectifs de production. Car, derrière la description gestionnaire et les chiffres proclamés, relativement à la « qualité totale », ils doivent faire face aux incompressibles difficultés matérielles de fonctionnement des chaînes, aux aléas et aux incidents continuels, dans un contexte de sous-effectif chronique. Ils savent pertinemment que les unités élémentaires de travail ne fonctionnent pas bien, que les chefs d'UET ne remplissent pas le cahier des charges qui est le leur.

Ces cadres, en effet, ont, à leur tour, validé les résultats de l'enquête sur les opérateurs et les chefs d'UET ; ainsi que sur les dysfonctionnements importants qui affectent les chaînes de montage dont ils sont par ailleurs responsables. Non seulement ils les ont validés, mais ils ont ajouté qu'eux aussi ont à souffrir des nouvelles formes de management. Ainsi apprend-on que, chaque matin, ils subissent une réunion avec la direction, au cours de laquelle un cadre est pris pour cible et se fait alors copieusement critiquer devant tous ses collègues pour son incapacité à s'acquitter correctement de ses tâches et à assumer ses responsabilités. Prélude à la précarisation et éventuellement prétexte au licenciement, quand l'heure en sera arrivée ? Ce qui, là aussi, est vécu comme une injustice, eu égard aux efforts produits par les cadres, sans parcimonie, pour l'entreprise.

La discordance entre les deux descriptions – gestionnaire et subjective – est troublante. Mis en demeure de donner une explication de cette discordance, tous sans exception, de l'ouvrier au cadre, perdent leur assurance, deviennent hésitants et proposent des interprétations incertaines. De sorte que, en fin de compte, on soit incité à formuler des réserves sur ce qu'il en est du fonctionnement social et technique réel et des succès de l'entreprise proclamés par les cadres et les dirigeants.

Le chercheur extérieur à l'entreprise est saisi par le doute. Comment se fait-il que les cadres, disposant (l'enquête le révèle, après coup, lors de la restitution) d'une connaissance, ou au moins d'une intuition, de la situation réelle de travail, ne soient pas, eux aussi, saisis par le doute ? Comment est-il possible que, d'un côté, ils sachent ce qu'il en est de la situation réelle et que, de l'autre, ils maintiennent un discours franchement décalé par rapport à ce qu'ils savent, et qu'enfin, en dépit de cette contradiction, ils ne soient sujets ni au doute ni à l'angoisse ? Car, somme toute, tous les cadres semblent se référer sans réticence apparente à la description gestionnaire du travail, lorsqu'ils s'adressent à un tiers, en particulier aux chercheurs, aux visiteurs ou aux clients. Ils font même état d'une confiance qui semble authentique dans la qualité du travail et dans la pérennité de l'entreprise. C'est cette authenticité de la confiance dans le succès de l'entreprise qui apparaît finalement comme la plus grande énigme. Il semble en effet évident, ou au moins très probable, que sans cette confiance, voire ce triomphalisme des cadres, le système connaîtrait des crises. Si les cadres ne portaient pas l'organisation par leur optimisme et leur motivation, des complicités s'établiraient avec la base ouvrière (les opérateurs) et avec l'encadrement intermédiaire (les chefs d'UET), sur la reconnaissance de la souffrance, sur les tensions internes de l'entreprise, sur leur caractère insoutenable, sur l'impossibilité d'escompter de nouveaux progrès (voire la seule stabilisation du fonctionnement actuel), enfin sur les risques de rupture de l'organisation. Aucun d'entre deux ne croit que les progrès enregistrés dans la productivité et dans les bénéfices de l'entreprise seront suivis d'un renforcement des effectifs et de nouveaux recrutements. Comment font-ils pour admettre qu'on puisse continuer ainsi à « dégraisser » constamment les effectifs sans que cela altère la marche de l'entreprise, alors même qu'ils éprouvent chaque jour, non sans douleur, les difficultés de tenir les objectifs dans un contexte de manque chronique d'effectifs ?

Notre interprétation repose sur un diptyque.

a) Le maniement de la menace

D'une part, les difficultés rencontrées par les cadres dans leur propre travail ne peuvent faire l'objet d'une discussion, d'une réflexion ou d'une délibération collective, entre cadres. Ceci en raison de la peur à laquelle eux aussi sont sujets : peur de rendre visibles leurs propres difficultés, peur que cela soit mis sur le compte de leur incompétence, peur que les collègues se servent de cette information contre eux, peur que cela se retourne en argument pour en faire les victimes de la prochaine « charrette » de licenciements… En d'autres termes, l'expérience de la résistance du réel à la maîtrise et à la compétence gestionnaire semble condamnée à rester strictement individualisée et secrète. Et même à être dissimulée. Ainsi les signes extérieurs de compétence et d'efficacité sont arc-boutés sur le souci d'occulter méthodiquement tous les défauts que l'on ne parvient pas à corriger. Ce premier appui du diptyque explique la dissimulation et le *silence* sur les difficultés, mais pas la confiance des cadres dans le système.

D'autre part, du fait de leur propre expérience de la peur, ils savent que, en usant de la menace au licenciement, ils peuvent obtenir une intensification du travail des opérateurs bien au-delà de ce que l'on pensait possible, par comparaison avec la tradition des vingt-cinq années précédentes. De surcroît, la concurrence entre travailleurs à la recherche d'emploi et salariés statutaires, entre jeunes et anciens, devient de plus en plus dure, dans un contexte où la réserve de main-d'œuvre et de candidatures de rechange paraît tellement inépuisable que l'élasticité du système semble capable de supporter encore une mise sous tension supplémentaire des hommes, sans risque sérieux de rupture. Ce qui explique la pointe d'ironie que l'on décèle dans les propos ordinaires des cadres.

Une précision théorique doit ici être introduite dont l'importance nous semble capitale pour l'intelligibilité non seulement de ce chapitre, mais du livre tout entier.

Elle porte sur une notion qui a toujours été tenue pour périphérique et qui, de notre point de vue, mérite d'être considérée comme un chaînon théorique essentiel : le « zèle au travail ».

À propos d'Eichmann, dont il sera question plus loin, comme à propos de nombreux cadres du système nazi, on soutient volontiers qu'ils agissaient comme de simples rouages d'une organisation qui les dépassait. Et l'on précise seulement qu'ils se comportaient comme des « opérateurs », ou des « agents » zélés.

Dans l'analyse du système nazi, l'accent a presque toujours été porté sur l'élucidation du comportement des chefs militaires ou civils. C'est bien sûr un point essentiel. De notre point de vue, il reste toutefois dans cette investigation une énigme de taille. Le système ne fonctionnait pas seulement grâce à ces chefs. Son efficacité reposait sur la collaboration, en masse, de la majorité du peuple des « exécutants ». Par collaboration, il faut entendre ici la participation coordonnée de toutes les intelligences singulières au fonctionnement du système.

Le zèle dont tous ces acteurs ont fait preuve n'est pas une qualité « contingente » de leur conduite. Le zèle est central, sinon décisif, pour l'efficience du système.

Pourquoi ?

Ainsi que nous l'avons rappelé plus haut, aucune entreprise, aucune institution, aucun service ne peut éviter la difficulté majeure de décalage entre organisation du travail *prescrite* et organisation du travail *réelle*, quel que soit le degré de raffinement des prescriptions et des procédures de travail. Il est impossible, en situation réelle, de tout prévoir à l'avance. Le supposé travail d'*exécution* n'est ni plus ni moins qu'une chimère.

Si tous les travailleurs d'une entreprise s'efforçaient d'exécuter strictement les consignes qui leur sont données par l'encadrement, aucune production ne sortirait. S'en tenir scrupuleusement aux prescriptions, n'exécuter que ce qui est commandé, cela s'appelle une « grève du zèle ». Les situations de ce genre sont connues et ont été jadis utilisées par les ouvriers en lutte pour paralyser les entreprises : ou bien les résultats de la production sont désastreux, parce qu'ils sont anéantis par le très grand nombre de défauts de qualité, ou bien, plus radicalement, le procès de travail tombe en panne.

Un atelier, une usine, un service ne fonctionnent que si, à la prescription, les travailleurs ajoutent des bricolages, des « bidouillages », des « ficelles », des « trucs » ; que s'ils anticipent, sans qu'on le leur ait explicitement demandé, des incidents de toutes sortes, que s'ils s'entraident enfin selon des principes de coopération qu'ils inventent et qui ne leur ont pas été indiqués à l'avance. En d'autres termes, le procès de travail ne fonctionne que si les travailleurs font bénéficier l'organisation du travail de la mobilisation de leurs intelligences individuellement *et* collectivement.

Encore convient-il de préciser que l'exercice de cette intelligence dans le travail n'est souvent possible qu'à la marge des procédures, c'est-à-dire en commettant, *nolens volens*, des infractions aux règlements et aux ordres. Il faut donc non seulement faire preuve d'intelligence pour combler le décalage entre organisation du travail prescrite et organisation du travail réelle, mais aussi admettre que, pour une bonne part, cette intelligence ne peut se déployer que dans une semi-clandestinité.

Ces caractéristiques de l'intelligence efficiente au travail – caractéristiques cognitives : faire face à l'imprévu, à l'inédit, à ce qui n'est pas encore connu ni routinisé, et caractéristiques affectives : oser transgresser ou enfreindre, agir intelligemment mais clandestinement ou, au moins, discrètement –, ces caractéristiques donc de l'intelligence au travail constituent ce que nous désignons communément par le « zèle » au travail.

C'est sur la base de cette analyse qu'il faut adopter une position critique vis-à-vis du pouvoir de la discipline sur la qualité du travail.

Le système de production nazi était dans l'industrie comme dans l'administration, dans les camps de concentration, aussi bien que dans le « travail » d'extermination, d'une redoutable efficacité. Les admirateurs du système nazi et les interprètes enthousiastes du « miracle allemand » de l'après-guerre, comme les propagandistes du système japonais, ne cessent de répéter que leur efficacité est avant tout le résultat d'un sens de la discipline bien enraciné dans la culture de ces peuples. Cette lecture de l'histoire doit être revue à la lumière des sciences du travail. La discipline, l'ordre, l'obéissance, et plus encore la soumission, conduiraient inévitablement à la paralysie des entreprises et des administrations. Ce qui fait leur force, c'est non pas la discipline seule mais son dépassement par le zèle, c'est-à-dire par toutes les infractions et tricheries que les travailleurs introduisent dans le procès de travail pour que ça marche. C'est la mobilisation subjective de leur intelligence qui est décisive.

Si le système nazi de production et d'administration a fonctionné, c'est parce que, en masse, les travailleurs et le peuple tout entier ont apporté le concours de leur intelligence et de leur ingéniosité pour le rendre efficace. S'ils s'en étaient tenus à la discipline stricte, le système aurait été paralysé.

Le zèle est donc un ingrédient nécessaire à l'efficacité d'une organisation du travail. Eichmann était zélé. Beaucoup d'autres responsables l'étaient autant que lui. De surcroît, ce zèle était nécessaire à tous les niveaux hiérarchiques, jusques et y compris au niveau du supposé « exécutant de base », pour aboutir à l'efficacité du dispositif d'extermination nazi.

Quel est donc le ressort de ce *zèle* tellement indispensable ?

Jusqu'à ces dernières années, nous pensions que la mobilisation subjective de l'intelligence et de l'ingéniosité dans le travail reposait fondamentalement sur la liberté de la volonté des travailleurs. Toutes les enquêtes de terrain plaidaient en ce sens, les études classiques sur la motivation au travail semblaient le confirmer, l'analyse des défauts du système bureaucratique en était la preuve.

C'est seulement au cours de nos enquêtes les plus récentes que nous avons dû reconnaître un autre ressort possible de la mobilisation de l'intelligence au travail. Sous l'emprise de la peur, par exemple par la menace du licenciement planant sur tous les agents d'un service, la plupart de ceux qui travaillent se révèlent capables de déployer des trésors d'inventivité pour améliorer leur production (en quantité et en qualité), et dans le même temps pour gêner leurs voisins de façon à garder un avantage sur ces derniers, face au processus de sélection pour les charrettes de licenciements.

La peur comme moteur de l'intelligence ! Elle est utilisée *larga manu* par le management à la menace dans les entreprises actuelles. Elle était aussi le moteur du système nazi, en particulier des camps de travail, de concentration et d'extermination. Il n'est pour s'en convaincre que de se reporter aux livres de Primo Levi, de Perechodnik ou de Nyiszli.

Une précision encore : l'escalade du management par la menace a des limites. Au-delà d'un certain niveau et d'une certaine durée, la peur paralyse, puis elle brise le « moral » du collectif – même dans les situations extrêmes comme les guerres (par exemple, l'effondrement de l'armée américaine au Viêt-nam ou la hâte du commandement allié à signer l'armistice en 1918). Mais l'échéance à laquelle se révéleront les limites est imprévisible. *A contrario*, et pour en revenir aux théories classiques de la motivation, la mobilisation de l'intelligence par la gratification et la reconnaissance du travail bien fait n'a pas de limite. Et le système nazi ne reposait pas que sur la menace, il accordait aussi de larges gratifications à certains de ses agents zélés.

En d'autres termes, les difficultés dans l'organisation de la production existent bel et bien, les tensions sont certaines, les résultats sont obtenus à l'arraché, la souffrance des salariés statutaires comme celle des travailleurs en emplois précaires est authentique, mais le système fonctionne et semble à même de pouvoir durablement fonctionner sur ce mode.

Ce deuxième volet de la menace peut expliquer le *consentement des cadres,* voire leur zèle au travail. Il ne peut pas rendre compte de leur absence de doute sur le fonctionnement, ni de leur confiance dans l'organisation, car ils savent combien nombreux sont les dysfonctionnements dissimulés par chacun.

b) La perplexité des cadres

Le système, pour fonctionner dans ces conditions de tension et de contradiction internes, ne peut pas se nourrir uniquement du consentement et de la résignation, voire de la soumission. D'ailleurs, ces cadres, pour nombre d'entre eux, ne se présentent pas tant comme des êtres soumis que comme des collaborateurs zélés de l'organisation et de sa gestion. Cette discordance entre l'expérience vécue de la gestion et du travail réel, d'une part, et le discours satisfait, voire triomphaliste et confiant dans la description gestionnaire, d'autre part, n'explose pas au grand jour, parce que personne, de son observatoire propre, *ne sait évaluer* la résultante des performances, des défaillances et des dissimulations de l'organisation réelle du travail, au niveau global de l'entreprise. Face à ce qui devrait générer le doute, voire la défiance, il y a des *évaluations* officielles, venues de plus haut, sur l'état de l'organisation, sur les bénéfices de l'entreprise et sur le bilan général d'activité.

En ce qui concerne ce bilan, chacun, même à un poste hiérarchique élevé, dépend d'une information qu'il tient des autres et dont il ne peut vérifier la véridicité. La thèse que nous sommes conduit à soutenir, c'est que *l'information à destination des salariés (cadres comme ouvriers) est falsifiée*, mais que c'est bel et bien grâce à elle que la mobilisation subjective des cadres perdure. La production de cette information falsifiée relève d'une stratégie spécifique, que nous caractériserons par le terme de *« stratégie de la distorsion communicationnelle »*.

Nous verrons que, à cette distorsion, de très nombreux salariés dans l'entreprise apportent leur participation, mais que personne ne s'en juge responsable.

Au vu de cette enquête dans le secteur automobile, mais aussi de nombreuses autres enquêtes dans d'autres secteurs (Laboratoire de psychologie du travail du Conservatoire national des arts et métiers[6], notamment Dejours et Torrente, 1995), nous sommes conduits à analyser la distorsion communicationnelle comme une stratégie complexe impliquant l'articulation de six éléments (constituant un système), dont chacun est indispensable au succès de ladite stratégie. La stratégie de la distorsion communicationnelle est une stratégie dont l'initiative part du haut de la hiérarchie, et qui recrute par couches successives les niveaux inférieurs. On peut la caractériser comme mise en œuvre d'un *système de production et de contrôle des pratiques discursives* relatives au travail, à la gestion et au fonctionnement de l'organisation. Ce contrôle s'exerce sur *tous* les acteurs de l'entreprise.

6. Voir la liste des rapports d'étude de ce laboratoire, p. 231.

IV

Le mensonge institué

Du réel, nous avons déjà fait largement mention (chapitre II). Rappelons que le réel est ici entendu comme ce qui, dans l'expérience du travail, se fait connaître au sujet par sa résistance à la maîtrise, au savoir-faire, à la compétence, à la connaissance, voire à la science. L'expérience du réel dans le travail se traduit par la confrontation à l'échec. Cet échec peut concerner aussi bien l'ordre *matériel* des machines, des outils, des installations, etc., que l'ordre *humain et social*. Pour ceux dont la tâche est de diriger des hommes, la mise en échec du savoir-faire managérial par la résistance psychique au changement, la rétivité, l'indiscipline, les grèves, etc., relèvent du réel (ici, le « réel du social »). Dans la période actuelle, le réel dans le travail fait l'objet d'un déni généralisé, tant de la part des concepteurs que des gestionnaires et même de la part de la communauté scientifique, à l'exception des ergonomes (Wisner, 1994 ; Daniellou, Laville et Teiger, 1983), des cliniciens du travail (Clot, 1995) et de certains anthropologues du travail (Sigaut, 1991).

1 – La stratégie de la distorsion communicationnelle

Le terme de « distorsion communicationnelle » est emprunté à Habermas et à sa « théorie de l'agir communicationnel » (Habermas, 1981). S'il est ici repris, c'est parce que l'analyse empirique des situations de travail contemporaines suggère que l'écart entre organisation prescrite et organisation réelle du travail ne peut être rationnellement géré que par la construction de compromis entre des points de vue distincts sur le fonctionnement et l'état du procès de travail. Les points de vue divergent parfois beaucoup entre agents. Non parce que seuls certains auraient raison cependant que les autres auraient tort. Aucune analyse « objective » ne peut suffire pour départager le vrai du faux, dans la mesure où la complexité de la réalité et la masse d'informations ou d'expériences qu'il faudrait rassembler pour établir la vérité des faits dans le monde objectif est une tâche impossible, en temps réel. Les opinions de chacun s'alimentent à l'expérience directe du travail autant qu'à des informations obtenues indirectement par le truchement des « indicateurs » ou des « points de contrôle ». Gérer rationnellement l'ajustement de l'organisation du travail passe donc par la construction de *compromis* après délibération entre les opinions et les avis des différents groupes et collectifs de travail impliqués dans l'organisation, les méthodes, la surveillance et l'exécution des tâches.

Si des compromis rationnels sont possibles, ils passent nécessairement par la confrontation argumentée des points de vue et des expériences formulés en staff ou en réunion d'équipe. Ce qui suppose qu'existe un « espace de discussion », des conditions d'intercompréhension et une mobilisation subjective des opérateurs dans cette confrontation.

« Espace de discussion » est ici pris dans le sens conceptuel d'espace qui préfigure et contribue à alimenter ou à engendrer « l'espace public ». Les « points de vue » forgés par les agents et formulés verbalement ne sont pas « purs », en ce sens qu'ils ne sont pas fondés exclusivement sur des arguments techniques et scientifiques. Travailler, en effet, c'est non seulement accomplir des activités de production, c'est aussi « vivre ensemble ». De ce fait, une organisation du travail rationnelle doit d'abord se préoccuper de l'efficacité technique, mais elle doit aussi intégrer des arguments relatifs à la convivialité, au vivre-ensemble, aux règles de sociabilité, c'est-à-dire au monde social du travail, et des arguments relatifs à la protection de soi et à l'accomplissement de soi, c'est-à-dire à la santé et au monde subjectif.

Un argument impur, c'est-à-dire associant à des références techno-scientifiques des éléments relatifs au monde social et au monde subjectif, constitue une *opinion*.

L'espace spécifique où s'énoncent et se confrontent les opinions est l'espace public. L'entreprise étant juridiquement une personne « privée », il paraît impropre de parler à propos de l'organisation du travail d'espace « public ». C'est pourquoi on retient ici la notion d'espace de discussion construit comme l'espace public mais interne à l'entreprise.

La confrontation des opinions est grevée de nombreuses difficultés pratiques (analysées ailleurs [Dejours, 1992]) qui s'inscrivent comme autant de sources de distorsion de la communication (entre les agents), que Habermas désigne du nom de « pathologie de la communication ». Même si cette « pathologie » fait s'éloigner l'idéal de la rationalité communicationnelle, ce dernier reste cependant un idéal organisateur pour la discussion.

Parmi les désordres qui grèvent la communication, certains relèvent du mensonge proprement dit, comme on le verra plus loin. Mais en deçà des perturbations volontaires de l'espace de discussion, nous savons aussi que les difficultés de la communication sur les questions soulevées par l'ajustement de l'organisation du travail ne peuvent pas, pour des raisons théoriques, être totalement surmontées. Aussi le mensonge ne constitue-t-il qu'une des formes de trouble, cependant que d'autres composantes involontaires, inintentionnelles ou inconscientes, apportent aussi leur lot de déformations à la discussion. C'est pourquoi l'analyse proposée ici, même si elle est normative, ne s'inscrit pas en première intention dans une perspective de condamnation morale ou de dénonciation. Notre démarche, même si elle s'alimente d'études faites sur le terrain, s'inscrit essentiellement dans une perspective théorique : celle d'élucider et de dégager les formes typiques de distorsion de la communication dans les situations de travail quand ces dernières subissent les effets des méthodes de gestion spécifiquement associées au néolibéralisme économique.

Dans ce chapitre, toutefois, nous cherchons à caractériser une forme particulière de distorsion que nous désignerons du nom de « stratégie de la distorsion communicationnelle », pour souligner qu'elle est non seulement intentionnelle, mais stratégique.

Le déni du réel du *travail* constitue la base de la distorsion communicationnelle. Il est en général associé au déni de la *souffrance* dans le rapport au travail. En effet, le déni du réel, qui implique la survalorisation de la conception et du management, conduit immanquablement à interpréter les échecs du travail ordinaire comme l'expression d'une incompétence, d'un manque de sérieux, d'une insouciance, d'un manque de formation, d'une malveillance, d'une défaillance ou d'une erreur, relevant de l'homme. Cette interprétation péjorative des conduites humaines est récapitulée dans la notion de «*facteur humain*», utilisée par les spécialistes de la sécurité, de la sûreté, de la fiabilité et de la prévention. Et ce jugement péjoratif retentit douloureusement sur le vécu du travail de ceux qui, de ce fait, sont privés de reconnaissance et sont même souvent conduits à dissimuler les difficultés auxquelles les confronte l'expérience du réel de la tâche. Le travail, contrairement à ce que laisse à penser cette conception dominante du facteur humain, est précisément ce que les travailleurs doivent ajouter aux procédures et à l'organisation du travail prescrite, pour faire face à ce qui n'a pas été prévu et ce qui parfois ne peut pas l'être au niveau de la conception (Davezies, 1990; Dejours, 1994) : «Le travail, c'est l'activité coordonnée des hommes et des femmes pour faire face à ce qui ne pourrait être obtenu par l'exécution stricte des prescriptions.» (On se reportera aussi pour cette question à Böhle et Milkau, 1991.)

Le déni du réel du travail, on l'a vu plus haut, est essentiellement le fait des cadres et des ingénieurs, mais il est largement partagé par tous ceux qui accordent une grande confiance au pouvoir de maîtrise de la science sur le monde objectif (Dejours, 1995).

La stratégie de la distorsion communicationnelle est d'abord fondée sur le *déni* du réel du travail. Mais ce dernier est indissociable des croyances alimentées par le succès des « nouvelles technologies », des sciences cognitives et du développement des travaux sur l'intelligence artificielle.

Le déni ne se limite pas à la méconnaissance du réel. Il résiste à l'épreuve de vérité de l'expérience, si les difficultés rencontrées dans l'exercice du travail ne remontent pas à la connaissance de l'encadrement. C'est-à-dire si elles restent confinées à « la base » et ne sont pas relayées par l'encadrement. Nous avons déjà vu que, dans la conjoncture actuelle, le « management à la menace » étayé sur la précarisation de l'emploi, favorise le silence, le secret et le chacun pour soi. *Ces obstacles à l'apparition de la vérité ont toujours été présents dans l'organisation du travail, mais la manipulation de la menace qui fait taire les opinions contradictoires et confère à la description « officielle » du travail une emprise sur les consciences est incomparablement plus étendue qu'il y a vingt ans.*

De façon paradoxale, les travailleurs eux-mêmes deviennent complices du déni du réel du travail et de la progression de la doctrine péjorative du facteur humain, par leur silence, la rétention d'informations, et la concurrence effrénée à laquelle ils se voient contraints les uns par rapport aux autres.

2 – Le mensonge proprement dit

Le mensonge consiste à *produire* des pratiques discursives qui vont occuper l'espace laissé vacant par le silence des travailleurs sur le réel et par l'effacement des retours d'expérience. Le mensonge consiste à décrire la *production* (fabrication ou service) *à partir des résultats* et non à partir des activités dont ils sont issus. C'est la première caractéristique. La seconde consiste à construire une description qui ne s'appuie que sur les résultats *positifs* et les succès et ment, par omission donc, en ne mentionnant pas ce qui relève du défaut ou de l'échec. Produire ce discours n'est pas le résultat d'une erreur d'appréciation ou d'une naïveté, mais d'une duplicité. Cette dernière, cependant, trouve sa justification dans des arguments commerciaux et gestionnaires : la cotation en Bourse, le niveau des ventes, le jugement commercial sur les produits mis sur le marché, etc., dépendent étroitement de l'image de marque de l'entreprise, des indicateurs sur la qualité de son fonctionnement interne et de son « état de santé » social et technique (par exemple, dans certaines entreprises nationales, en vue de leur privatisation).

3 – De la publicité à la communication interne

Le discours officiel sur le travail et son organisation est donc, avant tout, construit pour servir une propagande visant l'*extérieur* de l'entreprise : le marché, les clients, etc. Mais il est en fait aussi construit, actuellement, pour servir des objectifs « à l'interne », ceux de la « culture d'entreprise » qui prônent l'ajustement rigoureux de la production et de l'organisation du travail aux contraintes du marché et de la clientèle, et doit, de surcroît, attester du bonheur et du plaisir de ses salariés à travailler dans l'entreprise. L'ensemble de la description est placé sous le titre flatteur de « valorisation », notion qui a connu un développement considérable dans le discours modernisé des organisations.

L'euphémisation du réel du travail et de la souffrance de ceux qui produisent n'a rien de nouveau en soi. Le mensonge commercial est lui aussi fort ancien. Ce qui ne l'est pas, c'est l'orientation des pratiques discursives de « valorisation » à destination des acteurs de l'organisation, à l'intérieur même de l'entreprise. En raison même des pratiques discursives portées par les acteurs sociaux, en particulier par les organisations syndicales, sur la sécurité, les accidents, les maladies professionnelles, les conflits internes de l'entreprise, etc., il paraissait peu réaliste, naguère, de tenter une propagande de type commercial en direction des salariés eux-mêmes. Un élément nouveau a rendu cette nouvelle orientation possible. C'est l'organisation de nombreuses entreprises sur le mode de la fragmentation en « centres de résultats », en « centres de profit » ou en « directions par objectif». Avec cet aménagement, chaque unité, qu'elle soit de production, de direction, de conseil en organisation, de formation, de gestion, de comptabilité, etc., doit « vendre » ses services aux autres unités de l'entreprise qui peuvent éventuellement préférer et choisir un partenaire extérieur, si ce dernier a davantage de qualités ou s'il coûte moins cher. Ainsi, les différentes structures de l'entreprise établissent-elles progressivement, entre elles, des relations de type commercial. Chacune doit donc « se vendre », faire sa propre publicité et trouver des formes de « valorisation » de ses savoir-faire, de ses compétences, de ses résultats, etc. Chaque service, chaque unité consacre ainsi une part de plus en plus importante de son temps à fabriquer son image, à vanter ses mérites, à produire des « plaquettes » ou des prospectus flatteurs, à les diffuser à l'intérieur comme à l'extérieur de l'entreprise, etc.

Or chacune de ces œuvres de valorisation emprunte peu ou prou aux mêmes artifices que le mensonge commercial. En l'absence de retour d'expérience, alors que règne le silence sur le réel du travail, on reconstruit ici et là des descriptions du travail et de l'organisation du travail qui travestissent la réalité et sont, pour une part, duplices et mensongères.

Ainsi chacun est-il requis pour apporter son concours à la valorisation et au mensonge qu'elle implique. En retour, chacun ne reçoit d'informations sur les autres services que par le truchement des documents et pratiques discursives de valorisation, elles aussi frappées de distorsion.

Bientôt une *discipline* s'impose à chacun, qui consiste à défendre et à soutenir le message de valorisation, et aussi à s'abstenir de toute critique, au nom de la pérennité du service et de la solidarité face à l'adversité et à la concurrence. De sorte que, en fin de compte, la pratique discursive de la publicité gagne tous les secteurs de l'entreprise. On comprend alors comment un discours – construit, au départ, à l'intention de l'extérieur, de la clientèle et du marché – atteint tous les acteurs que l'on convie à adopter le principe du clientélisme généralisé. Ainsi le mensonge peut-il efficacement concurrencer la discussion et la délibération sur le réel du travail et sur la souffrance, à l'intérieur de l'entreprise.

4 – L'effacement des traces

Il s'agit là d'un élément plus complexe. Le mensonge ne peut résister à la critique que si sont soustraites les principales preuves sur lesquelles cette dernière pourrait fonder son argumentation. Ici il ne s'agit plus seulement de silence et de dissimulation. Il faut faire disparaître les documents compromettants, faire taire les témoins ou s'en débarrasser par la mise au placard, par la mutation ou par le licenciement. L'effacement des traces ne consiste pas seulement à taire les échecs, à masquer les accidents du travail, en faisant pression sur les salariés pour qu'ils ne déclarent pas ces accidents, à ne pas donner les informations sur les incidents affectant la sûreté des installations ou à falsifier ces derniers au fur et à mesure. Il faut aussi, semble-t-il, effacer la mémoire des usages du passé qui pourraient servir de point d'appui à la comparaison critique avec la période actuelle. De nombreuses formules sont utilisées, mais il semble que l'obstacle le plus redouté à l'effacement des traces soit constitué par la présence des « anciens » qui possèdent l'expérience du travail, accumulée pendant de nombreuses années. La stratégie consiste, en règle générale, à écarter ces acteurs des zones critiques de l'organisation, à les priver de responsabilités, voire à les licencier.

Une opération de ce type est menée actuellement au sein de la Sécurité sociale, où il est demandé aux cadres de faire tout ce qui est en leur pouvoir pour écarter les femmes âgées de 35 à 45 ans, parce que ces dernières possèdent la mémoire des pratiques d'assistance sociale de jadis, et qu'elles résistent massivement aux pressions de l'encadrement pour réaliser des économies en lésant les assurés de l'assistance et des services auxquels ils ont droit. Or la référence au droit, dans la pratique, est constamment référée au passé. Si l'on réussissait à se débarrasser de ces opératrices « à mémoire », de nouvelles orientations de l'action sociale deviendraient plus faciles à mettre en œuvre.

Dans d'autres entreprises, on met systématiquement les « anciens », expérimentés, à l'écart, et on embauche des « Bac + 2 » sans qualification technique, chargés uniquement des tâches de contrôle et de gestion. On associe cette disposition au recours généralisé à la sous-traitance, chaque fois que des salariés quittent le service, afin de les remplacer par des personnes qui, par statut, extérieures à l'entreprise, ne peuvent faire remonter dans la délibération collective leur expérience du travail et du réel. Ainsi les *traces de la dégradation* ou des déconvenues dans les domaines de la qualité, de la sécurité et de la sûreté, sont-elles désormais effacées au fur et à mesure (Lallier, 1995). L'effacement des traces a une importance capitale. Il est destiné à retirer ce qui pourrait servir de *preuves*, en cas de procédures ou de plaintes. C'est-à-dire que l'effacement des traces vise à la fois ceux qui, à l'intérieur de l'entreprise, pourraient être tentés de s'opposer, et ceux qui, à l'extérieur, auraient besoin de preuves pour accuser ou faire condamner (notamment les juges) ou même seulement pour informer (les journalistes).

Peu importe finalement que le mensonge soit reconnaissable par des témoins directs. De toute façon, compte tenu du climat psychologique et social actuel, ces témoins auront probablement la prudence de garder ce qu'ils savent pour eux. La vérité reste privée. Ce qui importe, ce qui préoccupe, c'est l'espace public, tant vis-à-vis de l'extérieur de l'entreprise et de la clientèle potentielle que vis-à-vis de ce qu'un débat public pourrait déclencher, à l'intérieur même de l'entreprise, en cas de crise. Ce que redoutent les entreprises, ce sont les procès en justice qui pourraient déboucher sur des débats publics. Mais si les traces ont été préalablement effacées, les preuves nécessaires à l'instruction du dossier et à l'inculpation manquent, et l'affaire se termine par un non-lieu. Ce qui permet de maintenir le silence et la stabilité du mensonge.

5 – Les médias de la communication interne

Le mensonge n'est pas toujours facile à soutenir de façon argumentée face à une critique ou à une demande d'explication. Des médias spécifiques sont utilisés pour soutenir les pratiques discursives mensongères de chacun. La *« communication »* est ici le maître mot de la stratégie. En son nom, on produit des documents qui s'inscrivent précisément dans le sens opposé à la rationalité communicationnelle (au sens que Habermas donne à ce terme). La justification des documents lapidaires, simplificateurs, voire simplistes ou tapageurs, repose sur le même argument, constamment convoqué dans toutes les organisations : les gens n'ont pas le temps de lire ni de se documenter ; il faut donc aller au plus court pour ne pas les surcharger et pour avoir une chance d'être entendu, lu ou seulement repéré.

Cet argument est presque toujours associé à un second : les destinataires de ces documents ne sont pas compétents dans les domaines spécifiques où l'on tente de « communiquer » le message de la valorisation. Il faut donc qu'il soit simplifié, facile à comprendre, sans termes techniques. En d'autres termes, les lecteurs sont considérés, *a priori*, comme des ignorants, voire des crétins. Qu'ils le restent surtout ! Pas de vagues, pas de subtilités, susceptibles d'éveiller la curiosité, le questionnement, la perplexité. Ce serait mauvais, tant pour l'image de marque que pour le marché. De ce fait, ce travail de mise en forme documentaire est confié à – ou piloté par – des spécialistes de la communication, qui le font d'autant mieux que, incompétents techniquement dans le domaine à valoriser, ils peuvent facilement jouer le rôle de candides et de lecteurs-tests.

Ainsi les pratiques discursives sont-elles progressivement uniformisées par le bas, vers le discours standard, faisant largement appel aux slogans, aux stéréotypes, aux formules toutes faites, qui abrasent le contenu sémantique. Les interviews qui servent de base aux articles se font à la six-quatre-deux, de plus en plus souvent par téléphone. Cette vague de simplification efficace et mensongère se retrouve dans les bulletins et journaux internes de communication aussi bien dans les entreprises que dans les services, voire – c'est le comble ! – dans les centres de recherche scientifique, progressivement gagnés par le souci de s'aligner sur les nouvelles méthodes de management. La technique utilisée est la même que celle des mass media.

À côté de la déformation publicitaire dite de *« valorisation »*, la falsification est aussi employée largement pour un autre usage. Il s'agit ici des moyens déployés à l'appui de ce que l'on appelle nouveaux modes de gestion, réformes managériales, réformes de structures, nouvelles méthodes de direction des ressources humaines, etc., c'est-à-dire les vagues d'organisation du travail, de management et de gestion qui se succèdent à une cadence croissante dans les entreprises actuelles. Faire passer un *« changement de structure »* qui bouleverse les habitudes, les usages, les mœurs, les modes de travail, les formes de coopération, le vivre-ensemble, le contrôle, le commandement, les qualifications, etc., n'est pas chose facile. L'*explication* de l'intérêt et la *justification* du changement introduit, à tous les niveaux de l'entreprise, sont malaisées. Très souvent, ces réformes voulues par les actionnaires et/ou les politiques sont inspirées par des consultants, des conseillers, des cabinets-conseils, voire des scientifiques et des universitaires. Les références aux travaux de recherche, notamment en sociologie, en psychologie, et plus récemment en philosophie et en éthique, sont légion. Mais l'usage qui est fait de ces références, dans la pratique de *communication* des motifs de la réforme proposée, est très particulier. Il passe souvent, sinon toujours, par des déformations ou de véritables falsifications de ces références pour qu'elles paraissent en accord avec la culture d'entreprise, les pratiques discursives et les modes managériaux spécifiques de l'organisation. Des services spécialisés, de quelques membres en général, ont ainsi la charge de « formater », c'est-à-dire de remettre dans une forme « pragmatique », les connaissances scientifiques de référence. Les intermédiaires précieux pour ce travail sont les consultants, qui ne sont pas chercheurs mais ont une petite formation scientifique, ou bien des « traducteurs » internes à l'entreprise qui font les comptes rendus, les synthèses et les rapports sur les réunions, séminaires et conférences, impliquant la participation d'universitaires et de chercheurs. La lecture de ces « rapports », lorsqu'elle est possible, pour un chercheur ou un universitaire après son passage dans l'entreprise, est souvent déconcertante. La déformation du contenu et de la forme n'est nullement le fait d'une ignorance, mais le résultat de nombreuses navettes entre le service de communication et la direction, et de corrections *concertées* sur les textes destinés à la diffusion. Qu'on ne se méprenne pas toutefois ! Les scientifiques, les chercheurs et les universitaires, moyennant une substantielle rétribution, acceptent parfois de mettre la main à la pâte et de donner leur visa, voire de participer, ainsi, à part entière, à la stratégie de la distorsion communicationnelle.

Enfin, et c'est la dernière caractéristique de la formalisation médiatique interne, il y est fait très largement appel à la qualité de la mise en page, qui doit être attrayante et plaisante, et surtout à l'*image*. L'image illustrera le texte, ou mieux en tiendra lieu. Le recours à l'image sollicite le fonctionnement imaginal[1] et la capture imaginaire en lieu et place de la réflexion, de la critique, de l'analyse et, plus généralement, de l'activité de penser avec laquelle l'imaginaire entre en concurrence. La puissance de ce mode de fonctionnement est connue depuis longtemps par les spécialistes des médias de masse et de la publicité commerciale. Ce qui est nouveau,

1. Mode de fonctionnement psychique « archaïque » qui s'appuie sur la mobilisation des imagos. « Imago » est un terme psychanalytique utilisé par Freud pour désigner un « prototype inconscient de personnages qui oriente électivement la façon dont le sujet appréhende autrui ; il est élaboré à partir des premières relations intersubjectives et fantasmatiques avec l'entourage familial » (Laplanche et Pontalis, 1967, p. 196).

c'est le scellement de la distorsion communicationnelle par des médias spécifiques internes et externes aux services, aux unités et aux structures de l'*entreprise*. Le chemin parcouru dans cette direction est déjà considérable. Les budgets consacrés à ces médias atteignent des montants exorbitants, qui souvent surprennent ou choquent les autres salariés de l'entreprise.

6 – La rationalisation

Pourquoi toutes ces brochures, ces feuilles, ces bulletins, ces plaquettes, dont chacun sait, en fin de compte, dans l'entreprise, qu'ils sont mensongers ? Pourquoi ne passent-ils pas tous, directement, de la table à la poubelle ? Pourquoi dépense-t-on de telles sommes d'argent pour fabriquer et diffuser ces documents ? Ce n'est pas à fonds perdus.

Nos enquêtes suggèrent que l'on prend connaissance de ces documents, au lieu de s'en débarrasser, pour trois raisons :

– d'abord parce qu'ils constituent une source d'information sur les résultats, les succès des autres (mais pas sur les fonctionnements *stricto sensu*) ou sur ce que l'on s'efforce de faire passer pour des résultats (car il est impossible de distinguer ce qui n'est que papier et image de ce qui correspond à une structure ou à un fonctionnement réel), dans l'entreprise, dans une période donnée ;

– parce qu'on est ainsi informé, non de la vérité de l'état des choses dans l'entreprise, mais du mensonge. Il est en effet aussi important de savoir où en est le mensonge dans l'entreprise, comment il se dit, et comment il déforme les faits dont on a une connaissance personnelle, que de connaître la vérité. Ces documents donnent non pas un état des lieux mais fonctionnent comme un baromètre ou un thermomètre sur ce qui est en vogue, ce qui plaît, ce qui est mis en avant aussi bien que sur ce qui disparaît dans le silence, sur les valeurs qui montent et sur celles qui descendent dans la cotation de la *doxa* et de la culture d'entreprise ;

– enfin, parce que ces documents enseignent à ceux qui les lisent, notamment aux cadres, comment il convient de parler en réunion de cadres ou de direction. On apprend le tact, la prudence, les critiques qu'il vaut mieux se garder de formuler en public, compte tenu du bulletin élogieux qui vient d'être diffusé sur tel service ou sur tel cadre dont la photographie flatteuse indique qu'il vaut mieux se faire passer pour un de ses amis ou de ses intimes plutôt que pour un de ses détracteurs ; on y apprend les modes, les slogans dont il faut disposer et savoir user pour être dans le coup, etc. En d'autres termes, ces documents indiquent les grandes lignes du *conformisme* par rapport à l'évolution de l'esprit maison.

Ces raisons suffisent-elles à assurer la pérennité et le succès de ces documents de « communication » ? Ce n'est pas certain. La confection de ces documents exige une somme de travail énorme et pas seulement l'engagement d'une équipe active spécialisée. Elle nécessite aussi le travail de tous ceux qui en fabriquent, aux dimensions plus réduites d'un service ou d'un secteur, et surtout le concours très large de tous ceux qui sont interviewés, ou invités par l'équipe rédactionnelle à rédiger des fragments à insérer dans le document principal avec leur signature. La distorsion communicationnelle ne peut donc être tenue seulement pour une stratégie subie *passivement* par les lecteurs et les travailleurs de l'entreprise. Il suppose l'*action* volontaire et soutenue d'un nombre important de personnes et surtout une puissante coopération. Au-delà, le problème posé par la stratégie de la distorsion communicationnelle est celui de son *efficacité*, au regard de la gestion du décalage entre description gestionnaire et description subjective du travail. De fait, les médias remplacent le débat qui serait nécessaire pour confronter les deux descriptions du travail et avoir ainsi une chance d'approcher de la vérité et de la réalité de la situation à l'intérieur de l'entreprise, pour, au-delà, ouvrir sur des actions et des décisions rationnelles dans la gestion de l'organisation du travail.

Que la plupart des cadres consentent à laisser se développer la distorsion communicationnelle sans protester est déjà une source d'étonnement. Ils savent qu'il s'agit de mensonge, puisqu'ils contribuent à sa production par leur propre participation aux médias en question. Comment peuvent-ils dans ces conditions adhérer à son contenu au point de le reprendre parfois à leur propre compte, et d'en faire la base de leur confiance dans le système et de leur discours sur le travail ?

Il semble que ce soit parce que cette pratique discursive de distorsion communicationnelle fonctionne pour eux comme une ressource importante au regard de la « rationalisation » du mensonge.

En effet, le déni qu'ils opposent à la souffrance et à l'injustice subie par les autres dans l'entreprise, d'une part, la participation à la construction du mensonge organisationnel, d'autre part, sont à leur tour une source de souffrance. L'implication de leur responsabilité dans le malheur des autres, ne serait-ce que par leur silence et leur passivité, voire par leur collaboration au mensonge et à l'effacement des traces, place la plupart des sujets dans une situation psychologique de malaise. Certes, s'ils consentent, c'est essentiellement en raison de la menace au licenciement que l'on suspend au-dessus de leurs têtes. Mais commettre des actes qu'on réprouve ou adopter des attitudes iniques vis-à-vis de ses subordonnés, dont on feint d'ignorer la souffrance, ou de ses collègues avec lesquels, pour rester en poste ou pour progresser, on est contraint d'être déloyal, fait surgir une autre souffrance, bien différente de la peur : celle de *perdre sa propre dignité* et de trahir son idéal et ses valeurs. Il s'agit donc, là, d'une « souffrance éthique », qui vient se surajouter à la souffrance qu'implique la soumission à la menace. Du point de vue psychodynamique, il est absolument nécessaire de faire nettement la distinction entre ces deux types de souffrance. C'est pour faire face à cette souffrance très spécifique qu'intervient le recours à la rationalisation du mensonge et des actes moralement répréhensibles. « Rationalisation » doit être entendu au sens psychiatrique et non aux sens cognitif ou sociologique du terme. « Rationalisation » désigne ici une défense psychologique qui consiste à donner à un vécu, un comportement ou à des pensées reconnus par le sujet lui-même comme invraisemblables (mais auxquels cependant il ne peut pas renoncer), un semblant de justification en recourant à un raisonnement spécieux plus ou moins alambiqué ou sophistiqué.

Dans le cas présent, la rationalisation est une justification à vocation collective, sociale et politique, reposant sur un raisonnement spécieux ou paralogique.

La *rationalisation* n'apparaît que de façon feutrée dans les organes de communication interne, du moins actuellement. Ces derniers constituent tout de même une des sources d'alimentation de la rationalisation, même si ce n'est pas sa source essentielle. La rationalisation, c'est la reprise de l'ensemble des éléments du mensonge, non pour en justifier chaque élément un par un, mais pour produire une justification globale de son principe, au nom d'une rationalité extérieure au mensonge lui-même. Rationalité qui est étayée sur un discours scientifique, parfois déformé, parfois repris sans distorsion, mais avec une manipulation de son usage, de façon paralogique. En substance, il s'agit, par la rationalisation, de démontrer que le mensonge, même s'il est regrettable, est un *mal nécessaire* et inévitable. S'y soustraire, ce serait aller contre le sens de l'histoire. Y apporter son concours, c'est accélérer le passage d'une étape historique douloureuse (mais comparable, somme toute, à la douleur nécessaire à l'évacuation d'un abcès) à une étape de soulagement. La rationalité invoquée ici est, bien sûr, la raison économique, mais on verra aussi qu'elle s'insinue, presque toujours, dans d'autres considérations rattachées à la rationalité sociale, en vertu de principes fort douteux au plan moral-pratique.

V

L'acceptation du « sale boulot »

Le problème que nous posons ici est celui de l'enrôlement des « braves gens », en grand nombre, voire en masse, dans l'accomplissement du mal et de l'injustice contre autrui. Par « braves gens », nous entendons ceux qui ne sont ni des pervers sadiques, ni des paranoïaques fanatiques (« idéalistes passionnés »), et qui font preuve, dans les circonstances habituelles de la vie ordinaire, d'un sens moral qui joue un rôle central dans leurs décisions, leurs choix, leurs actions.

1 – Les explications conventionnelles

a) L'explication par référence à la rationalité stratégique

Selon cette explication, la participation *consciente* du sujet à des actes injustes relèverait d'un calcul. Pour maintenir sa position, conserver sa place, son statut, son salaire, ses avantages et ne pas compromettre son avenir, voire sa carrière, il faudrait accepter de « collaborer ». Cette explication suppose que le sujet soit en mesure de procéder à un calcul rationnel, ce qui est loin d'être toujours le cas, car les décisions de « dégraissage », autant que le choix des victimes des charrettes de licenciements, ne sont pas toujours prévisibles. L'expérience montre qu'une collaboration sans faille aux actes injustes demandés par la hiérarchie ne prémunit nullement contre le licenciement. La docilité peut même le précipiter. Le rapport entre conduite et récompense (ou sanction) est très instable, et les conjectures ne sont pas faciles. De nombreux cadres ont assisté à de tels retournements de situation. Ils en sont conscients, et, malgré leur incertitude, ils collaborent souvent, comme s'ils étaient certains de la réussite de leurs prévisions optimistes. De même, au niveau des ouvriers, on a vu que la menace aux licenciements individuels, parfois associée à la menace au dépôt de bilan de l'entreprise, permet d'obtenir d'eux un surcroît de travail et de performance, voire de sacrifices, au nom de la nécessité de donner, chacun et collectivement, un « coup de collier ». « Si l'on franchit cette étape difficile, alors on pourra à nouveau embaucher », c'est itérativement l'argument employé dans l'usine automobile dont il a été question plus haut. Les ouvriers et l'encadrement consentent à travailler encore plus. Mais aussitôt après, on s'appuie sur cette nouvelle performance pour la transformer en norme et justifier un nouveau dégraissage d'effectif. Aussi la menace aggrave-t-elle la menace et n'apporte-t-elle pas la sécurité tant souhaitée vis-à-vis de l'emploi. Il en était déjà ainsi lors des montées en cadences, depuis que fonctionne le système fordien. Tout le monde le sait, tout le monde le craint, et pourtant tout le monde consent.

On opposera à ce paradoxe entre conscience du risque associé à l'obéissance et à la « collaboration », d'une part, et conduite de consentement, d'autre part, la difficulté – réelle – de faire des conjectures ou des calculs sur les risques et les intérêts personnels. Faute de pouvoir effectuer un calcul, individuellement, « on suit le mouvement » et on ajuste sa conduite sur celle des autres pour ne pas prendre le risque d'aggraver son cas en « se faisant remarquer » ou en se singularisant. En d'autres termes, au calcul de rationalité se substituent l'opportunisme et le conformisme, qui ne sont pas des stratégies irrationnelles.

Soit ! Cela constitue incontestablement une contribution non négligeable à la collaboration (ou à l'injustice), tant chez les ouvriers qui acceptent d'utiliser les moyens qui sont en leur pouvoir pour faire trébucher le voisin et tenter ainsi de le fragiliser vis-à-vis de la sélection pour la prochaine charrette, que chez les cadres qui acceptent d'en faire autant vis-à-vis de leurs collègues et de leurs subordonnés.

Pourquoi l'observateur extérieur, le tiers, convié à prendre connaissance de ces conduites de « collaboration » au mal, formule-t-il aussitôt un point de vue critique, voire un jugement de désapprobation ?

Parce que son *sens moral* fonctionne. Il n'accepterait pas, croit-il, de commettre des actes de cette nature, qu'il réprouve. Or la plupart de ceux qui deviennent des « collaborateurs » ont aussi, comme le tiers extérieur, un sens moral. Et ce sens moral n'est pas aussi opportuniste qu'on veut bien le croire ou le dire. Nombre de situations observées en clinique montrent que le sens moral l'emporte au contraire très souvent sur le calcul stratégique ou sur l'instinct – fût-il « de conservation » – ou sur le désir ou la passion. La rigidité du sens moral est au centre de toute la psychopathologie des *névroses*, dont les symptômes, la souffrance et le sens sont précisément témoins.

Les ouvriers et les cadres, dans leur écrasante majorité, seraient-ils donc différents de la population générale, massivement sujette, quant à elle, à la culpabilité et aux troubles psycho-névrotiques ?

L'explication par référence au calcul stratégique est insuffisante dans la mesure où elle ne rend pas compte du destin du sens moral, qui constitue pourtant un obstacle de taille à la flexibilité des conduites humaines.

b) L'explication par référence à la criminologie et à la psychopathologie

Cette explication présente l'avantage d'apporter une réponse à l'objection précédente. Les « collaborateurs » et les « leaders » des actions injustes (ou de l'injustice à la deuxième personne) seraient essentiellement des pervers et des paranoïaques : les *pervers* sont ceux qui, précisément, du point de vue psychopathologique, présentent une particularité de fonctionnement des instances morales (surmoi, idéal du moi, conflit entre moi et surmoi, etc.), en vertu de laquelle un arrangement permet au sujet de fonctionner, à la demande, selon l'un ou l'autre de deux registres antagoniques – l'un qui est moral, l'autre qui ignore la morale, sans communication entre les deux modes de fonctionnement (topique du clivage du moi). Les *paranoïaques* sont au contraire pourvus d'une rigidité morale maximale par rapport à toutes les autres structures de personnalité décrites en psychologie. Ce sens moral fonctionne rigoureusement – mais à faux – en vertu d'une distorsion décrite sous le nom de paralogisme. En l'occurrence, les paranoïaques sont souvent retrouvés aux postes de commandement, en position de leaders de l'injustice, commise toutefois au nom du bien, de la nécessité, de l'épuration, de la juste sévérité et d'une rationalité dont seules les prémisses sont erronées. De fait, pervers et paranoïaques jouent effectivement un rôle important dans la construction de la doctrine et dans l'action : ce ne sont pas tant des « collaborateurs » que des leaders de l'injustice infligée à autrui. Ce sont eux qui conçoivent le système.

Mais on ne peut pas admettre que, constituant la majorité des acteurs, les collaborateurs zélés du système impliqués dans le mensonge et l'injustice soient tous des pervers ou des paranoïaques. La collaboration zélée, c'est-à-dire non seulement passive mais volontaire et active, est le fait d'une majorité de sujets qui ne sont ni pervers ni paranoïaques, c'est-à-dire qui ne présentent pas de troubles majeurs du sens moral, et qui possèdent, comme la majorité de la population, un sens moral efficient.

Nous sommes ainsi conduit au problème le plus difficile : celui du destin du sens moral et de son abolition apparente dans la participation à l'injustice et au mal occasionnés consciemment à autrui. En particulier dans l'exercice ordinaire du travail, selon les principes du management à la menace, en contexte général de précarisation de l'emploi. En d'autres termes, nous avons besoin d'une analyse et d'une interprétation de la *« banalité du mal »* pas seulement dans le système totalitaire nazi, mais dans le système contemporain de la société néolibérale, au centre duquel se trouve l'entreprise. Car la banalité du mal concerne la majorité de ceux qui deviennent les collaborateurs zélés d'un système qui fonctionne par l'organisation réglée, concertée et délibérée du mensonge et de l'injustice.

2 – L'explication proposée : la valorisation du mal

a) *Le mal dans les pratiques ordinaires de travail*

Le mal, dans le cadre de cette étude, c'est la tolérance au *mensonge*, sa non-dénonciation et, au-delà, le concours à sa production et à sa diffusion. Le mal, c'est aussi la tolérance, la non-dénonciation et la participation à l'*injustice* et à la *souffrance infligées à autrui*. Il s'agit d'abord des infractions de plus en plus fréquentes et cyniques au Code du travail : faire travailler des personnes sans permis de travail pour ne pas payer les cotisations de Sécurité sociale et pouvoir les licencier en cas d'accident du travail, sans pénalité (comme dans le bâtiment et les travaux publics ou dans les entreprises de déménagement) ; faire travailler des gens en ne leur payant pas ce qui leur est dû (comme dans les ateliers semi-clandestins de l'habillement) ; exiger un travail dont la durée dépasse les autorisations légales (comme dans le transport routier, où l'on fait conduire des hommes pendant plus de vingt-quatre heures de rang), etc. Le mal, c'est ensuite toutes les injustices délibérément commises et publiquement exhibées concernant les affectations *discriminatoires* et manipulatoires aux postes les plus pénibles ou les plus dangereux ; ce sont le mépris, les grossièretés et les obscénités vis-à-vis des femmes. Le mal, c'est encore la manipulation délibérée de la *menace*, du chantage et des insinuations contre les travailleurs, en vue de les déstabiliser psychologiquement, de les pousser à commettre des erreurs, pour se servir ensuite des conséquences de ces actes comme prétexte à licenciement pour faute professionnelle, comme on le voit souvent à l'encontre des cadres. Ce sont aussi les pratiques courantes de licenciement sans préavis, sans entretien, notamment chez les cadres qui, un matin, ne peuvent pénétrer dans leur bureau dont la serrure a été changée et qui sont invités à aller toucher leur salaire, à signer leur démission et à emporter leurs effets personnels qui ont déjà été rassemblés près de la porte de sortie. Le mal, c'est aussi la participation aux plans sociaux, c'est-à-dire aux licenciements arrosés de fausses promesses d'assistance ou d'aide à retrouver un emploi, ou au contraire associés à des justifications calomnieuses sur l'incompétence, l'inadaptabilité, la lenteur, le manque d'esprit d'initiative, etc., de la victime. Le mal, c'est encore de manipuler la menace à la précarité pour soumettre autrui, pour lui infliger des sévices, par exemple sexuels, ou lui faire faire des choses qu'il réprouve moralement, et, d'une façon plus générale, pour lui faire peur.

Toutes ces souffrances et ces injustices infligées à autrui, on en connaît l'existence ordinaire dans toutes les sociétés, y compris démocratiques. Nous qualifions ici de *« mal »* toutes ces conduites lorsqu'elles sont :

– érigées en *système* de direction, de commandement, d'organisation ou de management, c'est-à-dire lorsqu'elles supposent l'implication de tous aux titres de victimes, de bourreaux, ou de victimes et de bourreaux alternativement ou simultanément ;

– publiques, *banalisées*, conscientes, délibérées, admises ou revendiquées, et non pas clandestines, occasionnelles ou exceptionnelles, voire lorsqu'elles sont considérées comme valeureuses.

Dans de nombreuses entreprises, actuellement, ce qui naguère était considéré comme manquement à la morale, et à quoi on pouvait se soustraire, voire s'opposer au prix d'un courage non exceptionnel, tend à devenir *norme* d'un système d'administration des affaires humaines dans le monde du travail : on est alors dans l'univers du mal dont nous tentons d'analyser le fonctionnement.

b) Enrôler les braves gens

Le problème posé est donc celui de l'enrôlement des braves gens dans le mal, comme système de gestion, comme principe organisationnel. Lorsque des actions contraires au droit et à la morale sont commises avec le concours de personnes tenues pour responsables par le droit commun, on parle, à propos de ces derniers, de *« complices ».* Lorsque le mal est érigé en système et posé comme norme des actes civils, on parlera non plus de complices mais de *« collaborateurs »,* au sens qu'a acquis ce terme pour désigner ceux qui étaient des complices du pouvoir nazi pendant la dernière guerre, en France. Le problème, donc, est de comprendre le processus grâce auquel des « braves gens » dotés d'un « sens moral » consentent à apporter leur concours au mal, et à devenir, en grand nombre, voire en masse, des « collaborateurs ».

Compte tenu des difficultés terminologiques inévitablement associées à l'utilisation de la notion de « mal », nous emploierons souvent, dans ce chapitre, un terme plus banal, plus proche du sens commun, moins conceptuel et plus proche du langage concret : nous parlerons du *« sale boulot »*, expression qui mériterait, à elle seule, un long travail d'analyse et d'élucidation sémantiques, qui accorderait une attention particulière à la dimension du travail – le « boulot » – qui est consubstantielle au mal, dans ce champ où nous tentons de progresser.

Il ne suffit pas ici d'invoquer la résignation ou le consentement passif des braves gens, innocents. Pour enrôler des cohortes entières de cadres, il faut au moins deux conditions :

– des *leaders* du mensonge et du « tout stratégique » au titre de la *« guerre économique »*. Cela ne pose pas de problème psychopathologique difficile. Les leaders sont souvent sur des « positions[1] » de pervers ou de psychotiques

1. En psychopathologie psychanalytique, certains auteurs recourent parfois à la notion de « position » : « position perverse », « position paranoïaque », « position hystérique », etc. Cette notion est utilisée pour désigner une posture psychopathologique, une modalité réactive d'ensemble de la personne et une problématique conflictuelle qui évoquent, en tout point, le mode de fonctionnement d'une « personnalité » perverse, paranoïaque ou hystérique, à la différence près qu'il ne s'agit précisément pas nécessairement d'une caractéristique durable du fonctionnement psychique. La position (perverse, paranoïaque, hystérique…) peut donc se rencontrer chez une personnalité qui n'est ni perverse, ni paranoïaque, ni hystérique, mais schizophrénique, par exemple. Certains schizophrènes campent par exemple pendant des temps plus ou moins longs sur une position paranoïaque grâce à laquelle ils conjurent la dissociation, mais cela ne signifie pas qu'ils aient durablement évolué vers la paranoïa.

De même, certains hystériques se défendent en recourant à une position psychopathique ou caractérielle, là aussi transitoirement. On parle de « position » :

– soit pour préciser, à propos d'un patient, que son fonctionnement actuel est autre que son fonctionnement habituel, et décalé par rapport à ce que l'on sait de « l'organisation de sa personnalité » (les traits invariants) ou de sa « structure de base » ;

– soit parce qu'on ignore encore sa personnalité ou sa structure de base et que, par prudence, on ne s'engage que sur la « position »

compensés (paranoïaques avec détachement, idéalistes passionnés), comme cela a été mentionné plus haut ;

– un dispositif spécifique pour *enrôler* et *mobiliser* les braves gens dans la stratégie du mensonge, dans les stratégies de licenciement, dans les stratégies d'intensification du travail et dans le viol du droit du travail sous la houlette des leaders.

Ce deuxième point est évidemment le plus énigmatique et le plus décisif. Pour de nombreuses raisons, je ne crois pas que les intérêts économiques soient suffisants pour mobiliser les braves gens. Non que cette motivation soit absente, bien au contraire, mais parce qu'elle rencontre des limites. Aux promesses de privilège et de bonheur qu'on leur fait miroiter actuellement dans les entreprises, beaucoup de braves gens ne croient plus vraiment. Le processus serait plutôt le suivant : le travail que l'on vous

---

actuelle sans préjuger du diagnostic de personnalité, qui reste incertain ou indécidable.

À cette notion de « position » on ne devrait pas trop souvent faire recours dans le champ de la clinique, parce qu'elle signifierait le risque d'un opportunisme diagnostique critiquable pour de nombreuses raisons méthodologiques et praxiques qu'il n'est pas utile d'envisager ici. Pourtant, cette notion de « position » devient irremplaçable, selon nous, dans le cas particulier de la « position perverse ».

Pourquoi ? Seulement parce que cette dernière est une modalité de fonctionnement d'accès facile et largement ouverte à toutes les formes de personnalités, à la demande. En appeler à la « position perverse » témoigne non d'un opportunisme diagnostique du clinicien, mais de l'opportunisme défensif de nombreux sujets qui peuvent y recourir lorsque les circonstances extérieures deviennent menaçantes. C'est une façon commune de « s'arranger » avec les obligations morales, par une forme de duplicité qu'on appelle, en psychologie, « clivage du moi ». Sur cette question, nous reviendrons plus loin à propos d'Eichmann (pour plus de détails, voir le chapitre sur la troisième topique ou « topique du clivage », *in* Dejours, 1986).

demande – faire la sélection pour les charrettes de licenciements, intensifier le travail pour ceux qui restent en place, violer le droit du travail, participer au mensonge… –, ce n'est pas une tâche agréable. On ne peut l'accomplir de gaieté de cœur. Personne – sauf ceux qui se font les leaders de l'exercice du mal – n'a de plaisir à faire le « sale boulot ». Au contraire, il faut du courage pour faire le « sale boulot ». Et c'est donc au courage des braves gens que l'on va faire appel pour les mobiliser.

Pourtant, il y a ici un paradoxe : comment peut-on associer dans une même entité l'exercice du mal et le courage ? Faire le mal, cela peut-il être le signe d'une attitude courageuse ? Le courage, on le sait, est une vertu. Y compris le courage devant l'ennemi, le courage devant la mort, devant sa propre mort. Mais comment pourrait-on faire passer pour une vertu de courage une conduite qui consiste à faire subir une injustice à autrui, *sans que ce dernier ait la possibilité de se défendre*, sans même qu'il puisse s'y préparer, dans son dos, sans face-à-face, à son insu, à couvert, puisque dans la plupart des cas, ici, celui qui *ordonne* le « sale boulot » est protégé de ceux qui le *subissent* par toute une série d'intermédiaires qui l'exécutent et forment une haie entre lui et ceux qui vont être licenciés ou traités en contravention avec les règles du droit et de la justice (par exemple, les faire travailler dix heures par jour en ne les payant et en ne déclarant que trente-neuf heures par semaine – voire trente-cinq, après leur avoir fait signer un contrat de solidarité en vue du partage du travail ! – comme nous l'avons vu récemment dans une enquête) ?

Peut-on considérer – et comment ? – que de telles actions, de tels actes, de telles décisions soient vertueux et relèvent du courage ? C'est possible pourtant, même dans des circonstances autrement graves, bien que cette conduite, au regard du sens moral, ne puisse être tenue que pour une attitude vile, indigne et déshonorante. (Il s'agit ici d'hommes mobilisés en Allemagne nazie pour exterminer les Juifs d'Europe centrale.)

> À Jozefow une douzaine d'hommes à peine, sur près de cinq cents, ont réagi spontanément à la proposition du commandant Trapp de se dispenser de la tuerie annoncée. Pourquoi ces hommes du refus de la première heure furent-ils si peu nombreux ? [...] Tout aussi important fut l'esprit de corps – l'identification élémentaire de l'homme en uniforme avec ses frères d'armes *et l'extrême difficulté qu'il éprouve à faire cavalier seul*[2]. Certes le bataillon venait seulement d'être complété ; beaucoup de ses membres ne se connaissaient pas encore très bien, la camaraderie de régiment n'avait pas encore cimenté l'unité. Il n'empêche : quitter les rangs ce matin-là, à Jozefow, signifiait abandonner ses camarades et revenait à admettre qu'on était « faible », voire « lâche ». Qui aurait « osé », devait déclarer un policier, « perdre la face » devant tout le monde ? « Si on me demande pourquoi j'ai tiré avec tout le monde, dira un autre, je répondrai, en premier lieu que *personne ne veut passer pour un lâche* » (Browning, 1992, p. 99).

Nous avons ici un exemple terrifiant, bien que typique, de retournement de la raison éthique – courage/lâcheté – par l'emprise du jugement de reconnaissance formulé par les pairs sur la qualité du travail ; jugement qui a pour enjeu l'identité ou sa déstabilisation

2. C'est moi qui souligne.

pathogène (source de souffrance – rationalité pathique). En d'autres termes, le gendarme du 101e bataillon agit à l'inverse de l'ingénieur de la SNCF qui, pour ne pas devenir complice du mal, est tenu de faire cavalier seul mais y perd son identité et tente de se suicider (cf. chapitre II).

Le retournement de la raison éthique ne peut être soutenu publiquement et emporter l'adhésion des tiers que parce qu'il est fait au titre du *travail*, de son *efficacité* et de sa *qualité*. Si l'enjeu, dans le registre de la rationalité pathique[3] (c'est-à-dire la peur d'être méprisé ou la crainte de perdre son appartenance au collectif, c'est-à-dire les préoccupations vis-à-vis de la souffrance et de l'identité), était seul en cause pour justifier la participation à des actes ignobles, le gendarme du 101e bataillon serait unanimement condamné. Il commettrait en effet le mal pour des raisons strictement personnelles, cependant que, en le commettant au nom du travail, cela peut passer pour « désintéressé », voire pour l'intérêt d'autrui, de la nation, ou du bien public.

3 – Le ressort de la virilité

Il y a donc, ici, une sorte d'alchimie sociale grâce à laquelle le vice est transmuté en vertu. Alchimie qui apparaît à la fin comme totalement incompréhensible et comme scandale insupportable à la raison. Serions-nous rendus

3. Nous désignons par « rationalité pathique » ce qui, dans une action, une conduite ou une décision, relève de la rationalité par rapport à la préservation de soi (santé physique et mentale), ou à l'accomplissement de soi (construction subjective de l'identité).

non seulement au-delà de la science, mais au-delà de la raison ? Peut-être pas, si toutefois on accepte de reconsidérer les limites traditionnellement assignées à la raison (critique de la rationalité de l'action) et d'y accueillir la rationalité psycho-affective, ou rationalité pathique.

Le principal ingrédient de cette réaction alchimique peut être identifié précisément : il porte le nom de *« virilité »*. La virilité se mesure précisément à l'aune de la violence que l'on est capable de commettre contre autrui, notamment contre ceux qui sont dominés, à commencer par les femmes. Est un homme, est un homme véritablement *viril*, celui qui peut, sans broncher, infliger la souffrance ou la douleur à autrui, au nom de l'exercice, de la démonstration ou du rétablissement de la domination et du pouvoir sur l'autre ; y compris par la force. Bien entendu, cette virilité est socialement construite et doit être radicalement distinguée de la masculinité qui se définirait précisément par la capacité d'un homme à se distancier, à s'affranchir, à subvertir ce que lui prescrivent les stéréotypes de la virilité (Dejours, 1988).

Dans le cas présent, faire le « sale boulot » dans l'entreprise est associé, par ceux qui sont aux postes de direction – les leaders du travail du mal –, à la virilité. Celui qui refuse ou ne parvient pas à commettre le mal est dénoncé comme un « pédé », une « femme », un gars « qui n'en a pas », « qui n'a rien entre les cuisses ». Et ne pas être reconnu comme un homme viril, c'est évidemment être une « lavette », c'est-à-dire déficient et sans courage, donc sans « la vertu », par excellence.

Et pourtant celui qui dit non, ou ne parvient pas à faire le « sale boulot », le fait précisément au nom du bien et de la vertu. Le courage en effet, ici, ce n'est pas, bien sûr, d'apporter sa participation et sa solidarité au « sale boulot », mais bien de refuser haut et fort de le commettre, au nom du bien, et de prendre ainsi le risque d'être dénoncé, sanctionné, voire d'être désigné pour la charrette des prochains licenciés.

À l'inverse, dans le système de la virilité, se soustraire à l'exercice de ces pratiques iniques est une preuve de lâcheté, de couardise, de bassesse, de manquement à la solidarité. Nous verrons plus loin que cette conception, forgée par les hommes, n'est pas toujours partagée par les femmes mais qu'elle peut l'être.

Bien entendu, le leader du travail du mal est avant tout *pervers*, lorsqu'il utilise le *recours à la virilité* pour faire passer le mal pour le bien. Il est pervers parce qu'il utilise ce qu'en psychanalyse on désigne par le terme *« menace de castration »*[4] comme levier de la banalisation du mal. On voit qu'ici la dimension psychoaffective est centrale et l'approche clinique éclairante. C'est par la médiation de la menace de castration symbolique que l'on parvient à retourner l'idéal de justice en son contraire.

La *virilité*, c'est tout autre chose que la dimension de l'*intérêt* économique, personnel ou égoïste, dont on croit si souvent qu'il est le motif de l'action malveillante selon, encore une fois, le modèle de l'*Homo œconomicus*, agent mû par le calcul rationnel de ses intérêts. Cette dernière proposition est fausse. Il s'agit dans l'analyse que nous

4. « Le complexe de castration est rapporté à la "théorie sexuelle infantile" qui, attribuant un pénis à tous les êtres humains, ne peut expliquer que par la castration la différence anatomique des sexes » (Laplanche et Pontalis, 1967, p. 75). L'angoisse de castration se manifeste comme une menace dont la psychanalyse montre qu'elle perdure, inconsciemment, chez l'adulte.

proposons d'une dimension rigoureusement éthique des conduites, manipulée par des ressorts proprement psychologiques et sexuels. *L'abolition du sens moral passe par l'activation du choix relevant de la rationalité pathique, contre des choix relevant de la rationalité morale-pratique. La rationalité stratégique ne constitue pas, ici, une référence de premier plan, dans la genèse des conduites de virilité.*

Le triomphe de la rationalité stratégique sur la rationalité morale n'est pas direct, dans le cas présent, mais passe par une médiation : le déclenchement d'un conflit entre rationalité pathique et rationalité morale-pratique, qui permet la suspension du sens moral, ou plutôt son retournement, au profit d'une rationalité paradoxale inversée par rapport aux valeurs. Ce qui relève en propre du stratégique, c'est la manipulation de ce conflit entre les deux autres rationalités. Cette analyse remet en cause l'explication de l'économique par l'économique et du sociologique par le sociologique. Il y a toujours des chaînons intermédiaires omis par ces analyses. Ces derniers se situent du côté de la rationalité pathique, qui fait l'objet d'un déni traditionnel dans toutes les théories, comme si n'existaient que des acteurs sociaux et des sujets éthiques, mais pas de sujets psychologiques. Exclure la dimension de la souffrance subjective des analyses philosophiques et politiques n'est pas tenable théoriquement.

Faire référence à une rationalité pathique ne consiste pas à effectuer un retour au psychologisme. Le psychologisme consiste à interpréter les conduites humaines dans les sphères privée, sociale et politique, à partir de la seule dimension psychologique et affective ; à faire de la sociologie une vaste psychologie. Dans le recours à la rationalité pathique, il ne s'agit plus de comprendre les conduites sociales et morales, incohérentes au regard des rationalités morales-pratiques et instrumentales, comme le résultat d'un processus psychopathologique plus ou moins névrotique. Il s'agit au contraire d'analyser les conséquences d'un *conflit de rationalités*. Le point de vue défendu ici ne consiste pas à conclure que la psychologie a le dernier mot dans la banalité du mal. Bien au contraire ! La banalité du mal *ne* relève *pas de la psychopathologie, mais de la normalité*, même si cette normalité a pour caractéristique d'être funeste et sinistre.

La question qui se pose, c'est comment la rationalité éthique peut perdre son poste de commandement, au point d'être *non pas effacée* mais *inversée*. Il y a bel et bien conservation, ici, du sens moral, mais ce dernier fonctionne sur la base d'un retournement des valeurs, qui relève en propre de l'éthique, même si le pathique y est convoqué.

Pourquoi la philosophie morale ne s'est-elle pas attaquée au problème de la virilité ? Pourquoi la philosophie politique ne s'est-elle pas préoccupée du problème de la virilité ?

À mon sens, c'est parce que la philosophie, qui s'est intéressée depuis des lustres à la violence, n'a jamais pris au sérieux le problème de la souffrance, disqualifiée, sans qu'on n'y ait jamais pris garde, au nom de la virilité, incontestée. À ne pas avoir voulu prendre en considération le problème de la souffrance psychique vécue, on n'a jamais saisi les rapports entre souffrance et virilité, cette dernière n'étant nullement une vertu originaire mais une défense contre la souffrance, comme nous tenterons de le montrer au chapitre suivant. *Ainsi la souffrance peut-elle générer la violence ?* Il s'agit ici d'un retournement théorique dans l'analyse sociale elle-même : la souffrance ne serait pas, ontologiquement, la conséquence de la violence, comme issue ultime de cette dernière, comme terme du processus, sans au-delà. C'est le contraire. La souffrance est première. Car au-delà de la souffrance, il y a les défenses. Et les défenses peuvent être redoutablement dangereuses, en ce qu'elles sont capables de générer la violence sociale.

Or on ne peut pas condamner les stratégies défensives ! Elles sont nécessaires à la vie et à la sauvegarde de l'intégrité psychique et somatique. Le problème posé est en deçà des stratégies défensives contre la souffrance, et en deçà même de la souffrance. Il concerne plus spécifiquement ce qui constitue la *rationalité pathique de l'action.*

Tout cela, bien entendu, conduit à s'interroger sur la virilité socialement construite comme une des formes majeures du mal dans nos sociétés. Le mal a fondamentalement partie liée avec le mâle.

Bien que n'étant nulle part dans les traités de philosophie morale considérée comme une *vertu*, la virilité est constamment tenue pour une *valeur*. Or, incontestablement, la virilité est un trait psychologique renvoyant à une attitude, une posture, un caractère, une modalité comportementale, donc à une qualité de l'âme. Pourquoi ne figure-t-elle pas au répertoire des vertus cardinales ? Parce qu'elle serait naturelle, innée, génétique, biologique ? Ce serait une bonne raison, mais, si elle était un fait de nature et non de culture ou de raison, il n'y aurait aucun motif d'en faire une valeur. Et pourtant, dans le sens commun aussi, la virilité est massivement tenue pour une valeur. La virilité tient, semble-t-il, son caractère plaisant, enviable, de sa connotation sexuelle ; de son association à ce que l'on considère comme la séduction, au masculin, dont elle formerait même, pour beaucoup, le noyau organisateur.

La virilité est considérée comme un caractère sexuel. Cela passe pour une évidence dans nos sociétés. La virilité, c'est le caractère qui confère à l'identité sexuelle mâle la capacité d'expression de la puissance (identifiée à l'exercice de la force, de l'agressivité, de la violence et de la domination sur autrui), soit contre les rivaux sexuels, soit contre les personnes malveillantes à l'égard du sujet ou de ses proches, auxquels, par sa virilité, il est censé assurer protection et sécurité. Le partenaire amoureux d'un sujet viril lui doit reconnaissance, gratitude, soumission et respect, en échange de ces services. À son tour, la femme doit accepter la domination, voire la violence. On retrouve, au fond de la connotation sexuelle de la virilité, le marchandage féodal de la protection par la soldatesque, entre le seigneur et les vassaux. Son prototype est, somme toute, le « chevalier servant » de la belle à l'époque médiévale. En d'autres termes, la virilité, même dans sa dimension psycho-fantasmatique, a partie liée avec la peur et la lutte contre la peur. Nous verrons plus loin que la peur est effectivement au centre du retournement de la raison pratique, et que, à tout bien considérer, la virilité, à l'épreuve des faits, est tout sauf une vertu et qu'elle ne se situe nullement dans le prolongement de la pulsion chez l'individu de sexe mâle, mais qu'elle est au contraire une défense[5].

Toujours est-il que, pour l'heure, dans notre société, la critique de la virilité n'a fait que commencer, et que,

5. Dans cette conception de sens commun se dissimule une confusion entre identité sexuelle et genre. Les sociologues montrent au contraire que les deux notions doivent être distinguées. Pour certains psychanalystes (Stoller, 1964 ; Laplanche, 1997), il faut aussi établir une distinction entre les deux termes.

massivement, sinon unanimement, hommes et femmes considèrent la virilité comme une qualité indissociable de l'identité sexuelle des hommes et donc, par défaut, des femmes qui, pour être reconnues comme « féminines », doivent précisément être indemnes de tout signe de virilité.

Le résultat social et politique de la connotation sexuelle associée à la capacité d'user de la force et de la violence contre autrui place celui qui refuse de commettre la violence dans une situation psychologique périlleuse : il risque aussitôt d'être considéré par les autres hommes qui exercent la violence comme un homme qui n'en est plus un, comme un être auquel on est fondé à ne pas reconnaître son appartenance à la communauté des hommes. Aussitôt après, la défection face à l'exercice de la force, de l'agressivité, de la violence et de la domination, est considérée par la communauté des hommes comme le signe patent d'une *lâcheté*. Lâcheté face à ce qui est répugnant,

Le premier terme renvoie à la sexualité en tant que celle-ci est une construction qui prend naissance dans les relations entre l'enfant et les parents, autour de son corps, dans un monde de significations érotiques portées par les parents. L'enfant s'y trouve entraîné par un jeu complexe de traductions des gestes et des mots de l'enfant par les parents – reprises ensuite par l'enfant – qui fonctionnent selon des modalités dont Laplanche donne une interprétation précise dans la théorie de la séduction généralisée (Laplanche, 1992).

En revanche, le deuxième terme, « genre », renvoie non pas à la sexualité au sens freudien du terme mais à la construction sociale des conduites spécifiquement identifiées comme caractéristiques du genre mâle ou du genre femelle. En psychodynamique du travail, les caractéristiques du genre social mâle sont rassemblées sous le nom de « virilité », celles du social femelle sous le nom de « mulierité » (Molinier, 1996). Contrairement à ce que suppose la conception de sens commun, il n'y a de continuité directe, ni naturelle, ni culturelle entre identité sexuelle et genre.

hideux, nauséabond, révulsant… bref, face à ce qui déclenche l'envie de s'écarter, de *fuir*.

Dans ce jugement d'attribution qui considère l'attitude de fuite comme une lâcheté, il y a une équation cachée : l'envie de fuir est considérée comme nécessairement motivée par la peur, et signe donc le manque fondamental et indubitable d'une vertu, le courage. Ce point est décisif : la fuite, c'est la peur. Il s'agit là d'une erreur qui, pour grossière qu'elle soit, n'en est pas moins extrêmement répandue. Je peux parfaitement fuir une situation que je trouve odieuse et insupportable sans éprouver la moindre peur pour ma propre vie ou pour mon *corps*, mais seulement pour des motifs *psychiques et éthiques*, comme l'ont fait quelques gendarmes du 101ᵉ bataillon étudié par Christopher Browning, refusant et fuyant le massacre de Juifs sans défense, ou comme l'ont fait, par exemple, certains soldats serbes qui ont déserté pour ne pas devoir participer au viol des femmes bosniaques.

Or l'équation fuite-peur-lâcheté = manque de virilité est tellement inscrite dans notre culture, qu'hommes *et femmes*, en majorité, associent identité sexuelle masculine, pouvoir de séduction et capacité de se servir de la force, de l'agressivité, de la violence ou de la domination. C'est pour cette raison que ces dernières peuvent passer pour des valeurs.

VI

La rationalisation du mal

1 – La stratégie collective de défense du « cynisme viril »

Ainsi donc, pour ne pas courir le risque de ne plus être reconnus par les autres hommes comme des hommes, pour ne pas perdre les bénéfices de l'appartenance à la communauté des hommes virils, pour ne pas risquer de se trouver exclus et méprisés sexuellement ni tenus pour lâches, poltrons ou couards – non seulement par les hommes mais aussi par les femmes –, des hommes, en très grand nombre, acceptent d'apporter leur concours au « sale boulot » et de devenir ainsi des « collaborateurs » de la souffrance et de l'injustice infligées à autrui.

Pour ne pas *perdre* sa virilité : telle est la motivation principale. Mais ne pas perdre sa virilité, ce n'est pas la même chose qu'éprouver la fierté et l'orgueil de posséder, conquérir ou accroître sa virilité. Et la différence se fait lourdement sentir. Nous n'en sommes encore qu'à l'expression d'une stratégie de lutte ou de défense contre la souffrance, liée au risque de perdre son identité sexuelle. Nous sommes encore loin du plaisir, de la fierté et de l'orgueil de l'homme courageux, de celui qui jouit du triomphe. Nous avons vu (à propos de l'enquête dans l'industrie automobile, mais on retrouve la même chose dans d'autres branches) que nombreux sont ceux qui, parmi les « collaborateurs », sont fiers d'occuper la place et le statut que leur confère l'organisation.

Toutefois, l'investigation auprès des « collaborateurs » suggère que, dans la configuration sociale et psychologique que nous avons envisagée, les braves gens ne se sentent pas tous très fiers de leur conduite. Au contraire, cela peut même aller jusqu'à la souffrance morale d'avoir à apporter son concours à des actes qu'on réprouve. Échapper de cette façon à la menace de castration symbolique n'abolit pas automatiquement le sens moral. À ce point, d'ailleurs, que la conscience claire de cette situation psychologique apparaisse à son tour comme intenable : « Chez les bourreaux, l'absence complète d'un regret même élémentaire après la fin de la guerre, quand un signe d'auto-accusation eût pu les servir au tribunal, et leurs affirmations sans cesse répétées que la responsabilité des crimes était imputable à certaines autorités supérieures, semblent indiquer que *la peur de la responsabilité*[1] n'est pas seulement plus forte que la conscience, mais que, dans certaines circonstances, elle est encore plus forte que la peur de la mort » (Arendt, 1950). Hannah Arendt signale ici un fait qui est confirmé par la clinique du « sale boulot ».

Pour continuer à vivre psychiquement tout en participant au « sale boulot » dans l'entreprise moderne et en conservant leur sens moral, beaucoup d'hommes et de femmes qui adoptent ces comportements virils élaborent collectivement des « idéologies défensives » grâce auxquelles est construite la rationalisation du mal.

1. C'est moi qui souligne.

Jusqu'à présent, en effet, le processus décrit relève de ce que, en psychodynamique du travail, on définit comme des *stratégies collectives de défense*. Face à l'injonction à faire le « sale boulot », les travailleurs ayant des responsabilités d'encadrement doivent affronter le risque psychique majeur de perdre leur identité éthique ou, pour reprendre le concept de Ricœur, leur « ipséité » (Ricœur, 1987).

La stratégie collective de défense consiste à opposer à la souffrance d'avoir à faire les « basses besognes » un déni collectif. Non seulement les hommes ne craignent pas la honte, mais ils tournent cette dernière en dérision. Pour ce faire, ils vont jusqu'à la provocation. De problème éthique, il n'y en a pas ! « C'est le travail, un point c'est tout ! » « C'est un travail comme un autre. »

Mais comme le déni seul ne suffit pas toujours, ils en rajoutent en introduisant la provocation. Au cours de mes enquêtes de ces dernières années, j'ai découvert l'existence de concours organisés entre cadres qui mettent en scène le cynisme, la capacité de faire encore plus fort que ce qui est demandé, d'annoncer des chiffres de dégraissage d'effectifs faramineux par rapport à ce que demande la direction… et à montrer qu'ils ne bluffent pas : ils tiendront les objectifs qu'ils ont annoncés, haut et fort, en réunion de direction ou de cadres, comme une enchère en salle de vente. On les surnomme « cow-boys » ou « tueurs ». Les autres cadres assistant à la réunion sont impressionnés mais soutiennent et participent à la plaisanterie, en y allant chacun à son tour dans la surenchère. La provocation ne s'arrête pas toujours aux chiffres et aux mots. Certains vont jusqu'à faire des déclarations tapageuses devant leurs subordonnés ou en plein atelier, pour prouver qu'ils n'ont pas peur de montrer leur courage et leur détermination, aux yeux de tous, ainsi que leur capacité à faire face à la haine de ceux à qui ils vont infliger le mal. Et des épreuves sont organisées, où chacun doit montrer par un geste, une circulaire, une note intérieure, un discours public, etc., qu'il fait bien partie du collectif de travail du « sale boulot ».

De ces épreuves, on sort grandi par l'admiration ou l'estime, voire par la reconnaissance des pairs, comme un homme – ou une femme ! – … qui en a (du culot, de la détermination et des couilles) ! La virilité fait donc l'objet d'épreuves à répétition qui jouent un rôle majeur dans le zèle des travailleurs du « sale boulot ». Ensuite, on arrose cela au cours de repas, le plus souvent dans des restaurants réputés, où beaucoup d'argent est dépensé, cependant qu'on porte des toasts avec des vins coûteux et que l'on fait des plaisanteries grivoises et surtout vulgaires, ce qui contraste avec le raffinement des lieux, plaisanteries dont le caractère commun est de mettre en exergue le cynisme, de réitérer le choix du parti pris dans la lutte sociale, de cultiver le mépris à l'égard des victimes et de réaffirmer en fin de repas les lieux communs sur la nécessité de réduire les avantages sociaux, de rétablir l'équilibre de la Sécurité sociale, sur les indispensables sacrifices à consentir pour sauver le pays du naufrage économique, sur l'urgence de réduire les dépenses dans tous les domaines (ce qui ne manque pas de piquant quand on examine l'addition d'une telle cérémonie).

Ces pratiques fonctionnent comme des rituels de conjuration. On en retrouve d'autres formes spécifiques dans chaque stratégie collective de défense contre la souffrance au travail. Ces séances, où se débride le discours de rationalisation et d'autosatisfaction des cadres, ne sont pas publiques. Elles font partie de la face cachée du « sale boulot ». N'y ont accès que les élites de l'entreprise et ceux qui se croient protégés, par leur statut et par la qualité des services rendus à l'entreprise, du risque de se trouver à leur tour, un jour, dans la charrette des victimes. Ces séances doivent être rapprochées des bizutages dans les écoles d'ingénieurs et des épreuves d'intronisation passant par la marche sur les braises ou le saut à l'élastique… Elles évoquent aussi les « taunus » des salles de garde médico-chirurgicales des hôpitaux, où les internes en médecine, en chirurgie et en réanimation, organisent des orgies basées sur le mépris affiché des valeurs de la bienséance, du corps humain et de la personnalité psychique, autant que de la privauté des âmes et des croyances religieuses et morales. Ces taunus s'inscrivent dans le cadre des stratégies collectives de défense des médecins contre la peur du sang, de la souffrance, de la mutilation, de la douleur, de la maladie, de la vieillesse et de la mort.

Les repas qui rassemblent les cadres « collaborateurs » sont parfois organisés *larga manu*, toute occasion pouvant servir de prétexte et bénéficier des largesses de l'entreprise. Ils se déroulent souvent à l'issue de stages de formation pour cadres, en séminaire, dans des hôtels de luxe, où la bonne humeur est favorisée par l'ébriété et la satisfaction de jouir des privilèges réservés aux riches et aux dominants.

Nous sommes ainsi rendus à proximité de la transformation de la « stratégie collective de défense du cynisme viril » en « idéologie défensive du réalisme économique »[2].

2. « L'idéologie défensive de métier » est le résultat d'une radicalisation de la stratégie collective de défense, qui ne se produit pas systématiquement mais est possible dans les situations où la souffrance semble sans espoir de rémission (Dejours, *Recherches psychanalytiques sur le corps*, Payot, 1989).

2 – L'idéologie défensive du réalisme économique

L'idéologie du réalisme économique consiste, si l'on se réfère à ce que suggère la clinique – au-delà de l'exhibition de la virilité –, à faire passer le cynisme pour de la force de caractère, de la détermination et pour un haut degré de sens des responsabilités collectives, de sens du service rendu à l'entreprise ou au service public, voire de sens civique et de sens de l'intérêt national, en tout cas de sens des *intérêts supra-individuels*. Ces qualités vantées collectivement sont bientôt associées à la formation d'une idée d'appartenance à une *élite,* impliquée dans l'exercice et la mise en œuvre d'une Realpolitik. C'est-à-dire que tout cela serait fait au nom du réalisme de la science économique, de la « guerre des entreprises », et pour le bien de la nation (qui serait menacée d'anéantissement par la concurrence économique internationale). Les autres, certes, sont des victimes. Mais c'est inévitable. Pour boucler le dispositif de l'idéologie défensive, certains vont jusqu'à prétendre que le « sale boulot » n'est pas fait à l'aveuglette, mais, bien sûr, de façon rationnelle et scientifique. On licencie en priorité les moins bons, les vieux, les rigides, les sclérosés, ceux qui ne peuvent pas suivre le progrès, les retardataires, les passéistes, les dépassés, les irrécupérables. Et d'ailleurs, parmi eux, il y a beaucoup de fainéants, de profiteurs, voire de mauvais esprits.

C'est dire que se dessine peu à peu, pour parachever l'idéologie défensive, la référence à la *sélection.* À condition de procéder à une sélection sérieuse, rigoureuse, voire scientifique, le « sale boulot » deviendrait propre et légitime : bilan de compétences, révision des qualifications, « requalification » (comme à France Télécom), entretien annuel, notation… toutes les techniques et tous les protocoles pseudo-scientifiques peuvent être ici convoqués pour former les charrettes de licenciés qui débarrasseront l'entreprise de ses parasites, de ses improductifs. Le « sale boulot » devient ainsi un travail de ménage, de dépoussiérage, de dégraissage, de propreté, de nettoyage par le vide, etc., expressions qui fleurissent dans le discours des « collaborateurs ». Parmi ces braves gens, dont certains étaient réticents au départ, il en est qui parfois souffrent à nouveau de culpabilité. Mais celle-ci ne fait qu'activer les stratégies de défense qui retournent le mal en bien, le « sale boulot » en vertu et en courage, conduisant alors à une participation frénétique au « sale boulot », dans une sorte de forcing, d'hyperactivisme et d'auto-accélération à caractère défensif, comme on le voit dans de nombreuses autres situations de travail quand, par ce moyen, on se « saoule », on obscurcit sa conscience et on la remplace par la fatigue. (Chez les travailleurs sociaux par exemple [Dessors et Jayet, 1990], ou chez les infirmières donnant dans le « kaporalisme » [Molinier, 1997]).

La radicalisation de cette stratégie collective de défense débouche, au-delà de la psychologie spontanée péjorative vis-à-vis des victimes, sur la culture du mépris à l'égard de ceux qui sont exclus de l'entreprise par les réformes de structure et les dégraissages d'effectifs ou de ceux qui ne parviennent pas à fournir les efforts supplémentaires, en termes de charge de travail et d'intensification de l'engagement. Eux aussi ne sont que des mauviettes (ils n'ont pas les attributs de la virilité et sont des dégénérés sans force de caractère) que la sélection a raison d'écarter. En temps de « guerre économique », on n'a pas besoin de bras cassés ! Pas d'état d'âme. La boucle est bouclée, lorsque la stratégie collective de défense rejoint le processus de *rationalisation*[3] pour l'alimenter et s'en nourrir. On est alors dans l'idéologie défensive, et la violence se profile à l'horizon.

Ce sont ces gens, braves gens au départ, se défendant contre la souffrance de la honte, qui deviennent alors les défenseurs de la *Realpolitik* et qui alimentent, sans inhibition, le mensonge communicationnel que nous avons analysé au chapitre IV, au nom, là encore, du réalisme scientifique et politique et du discours de rationalisation qui transforme le mensonge en vérité. Proches du pouvoir, ou s'en croyant proches par leur participation au « sale boulot », ils deviennent propagandistes du pouvoir et de la rationalité stratégique de l'entreprise.

Finalement, ce sont eux les plus éloquents défenseurs de la rationalité stratégique dans la société civile, même si cet engagement est le terme d'un processus dont l'origine est réactionnelle et défensive.

3 – Le comportement des victimes au service de la rationalisation

La rationalisation ne s'interrompt pas exactement ici. Elle trouve maintenant de quoi se nourrir et se justifier dans le spectacle qu'offrent les victimes.

Ceux qui subissent en effet ces rapports de domination, ainsi que le mépris, l'injustice et la peur, adoptent parfois

3. Au sens qui a été précisé pour ce terme au chapitre IV, 6 (p. 99).

des comportements de soumission, voire de servilité, qui « justifient », à leur tour, le mépris des leaders et des « collaborateurs ». Mais le « sale boulot » a aussi bien d'autres conséquences : les licenciements massifs conduisent essentiellement à précariser l'emploi mais pas toujours à le supprimer. On n'embauche plus, mais on a recours à des entreprises sous-traitantes qui emploient des intérimaires, des travailleurs étrangers sans permis de séjour ou de travail, des travailleurs en mauvaise santé, des travailleurs sans qualification requise, des travailleurs qui ne parlent pas français, etc.

On assiste ici et là à des pratiques qui évoquent la traite d'esclaves, que ce soit dans le bâtiment et les travaux publics, dans la maintenance des centrales nucléaires ou des usines chimiques ou dans les entreprises de nettoyage : la sous-traitance en cascade conduit parfois à la constitution d'une « réserve » de travailleurs voués à la précarité constante, à la sous-rémunération, et à une flexibilité hallucinante de l'emploi, les obligeant à se précipiter d'une entreprise à l'autre, d'un chantier à l'autre, habitant des locaux de fortune, des baraquements à quelque distance de l'entreprise, des roulottes, etc. À force de toujours migrer d'un bout à l'autre du pays, voire à travers toute l'Europe, certains travailleurs ne peuvent plus retourner chez eux et ne connaissent plus ni temps de repos, ni congés, ni limitation des horaires de travail… jusqu'à épuisement, maladie ou accident rendant rédhibitoire tout accès à un emploi. Certains d'entre eux tentent de s'adapter en faisant suivre toute leur famille dans une roulotte. La plupart connaissent des crises familiales menant à la rupture et au divorce. Cette vie, qui ressemble à celle des ouvriers du XIXe siècle, conduit inévitablement à des pratiques de socialité hors normes : recours à l'alcool et surtout aux drogues, qui viennent calmer, transitoirement, le désespoir et le malheur. La prostitution devient inévitablement une compagne de la désorganisation des mœurs. Le sida s'y développe plus qu'ailleurs, et le sida fait peur, il clive les populations, il introduit la méfiance et la ségrégation, la ghettoïsation, à la porte même de l'entreprise.

Ces travailleurs, que rencontre le personnel statutaire de l'entreprise chargé de la surveillance des travaux et du contrôle, provoquent à leur tour la méfiance, le dégoût, voire la condamnation morale. En effet, à cause de leur état, il arrive fréquemment que le travail soit grevé d'erreurs, mais aussi et surtout de fraudes, tant du fait de l'incompétence et du manque de qualification qu'il faut dissimuler, que du fait de la pression et des abus incontrôlables des chefs et des dirigeants des entreprises sous-traitantes. Ainsi, malgré eux, ces travailleurs peuvent occasionner des défauts dans la production, altérer la sécurité et la sûreté, avec des conséquences fâcheuses pour les travailleurs statutaires de l'entreprise donneuse d'ordres.

On comprendra sans difficulté que la présentation extérieure, l'habitus, les modes de vie de ces hommes qui subissent la discrimination sociale, alimentent en retour le discours élitiste, raciste et méprisant des leaders et des collaborateurs du « sale boulot », en mal de rationalisation[4].

L'injustice veut que, à la fin, la réalité sociale qu'elle engendre vienne confirmer l'idéologie défensive du réalisme économique, désormais infiltrée de psychologie et

4. Et ceux qui tentent de lutter contre le courant de la ségrégation sociale doivent déployer des trésors d'ingéniosité pour résister, tant la partie est déséquilibrée.

de sociologie spontanée péjorative, empreintes de darwinisme social.

On voit que, en fin de compte, la *rationalisation* du mensonge (dernière étape de la stratégie de la distorsion communicationnelle), obtenue par l'idéologie défensive, est indispensable à l'efficacité sociale du mensonge sur le « sale boulot » et le travail du mal. La banalité du mal, l'enrôlement en masse des braves gens au service de la collaboration, passe par un processus compliqué qui permet de *tromper le sens moral* sans l'abolir. Le retournement de la raison pratique par les « collaborateurs » passe nécessairement par l'efficacité d'une « stratégie de la distorsion communicationnelle ». Et l'efficience de cette stratégie est entièrement suspendue à la rationalisation, en tant qu'elle est le verrou bouclant le processus du mensonge et conférant au collaborateur sa fierté et son enthousiasme à se livrer au « sale boulot », sans qu'il doive pour autant s'en sentir responsable, puisque tout le processus auquel il participe est organisé et piloté par les dirigeants d'un dispositif dont il ne serait, somme toute, que le subordonné obéissant et zélé. Or l'obéissance ne saurait être tenue pour un engagement de responsabilité. Elle est au contraire considérée comme une *décharge de responsabilité*.

4 – La science et l'économie dans la rationalisation

Enfin, le choix des braves gens de collaborer leur semble légitimé par la compréhension qu'ils ont de la « logique économique ». À la limite, il ne s'agirait pas d'un choix, dans la mesure où l'injustice dont ils sont devenus l'instrument est inévitable. Elle serait dans la nature des choses, dans l'évolution historique, dans la « mondialisation » de l'économie, dont on nous rebat les oreilles. Toute décision individuelle de résistance, tout refus d'obtempérer seraient vains et surtout frappés d'absurdité. La machine néolibérale est lancée, et nul ne saurait l'arrêter. Personne n'y peut rien. Le choix ne serait plus entre la soumission et le refus, au niveau individuel ou collectif, mais entre la survie et le désastre. La défaite du socialisme réel montre que seule l'économie libérale est crédible. C'est le socialisme qui est fondé sur le mensonge économique, cependant que le néolibéralisme serait fondé sur le réalisme de la rationalité instrumentale et respecterait les lois qu'impliquerait, dans l'administration et la gestion des affaires de la cité, l'ultime référence à la vérité scientifique.

Cette « vérité », qui place définitivement la logique économique au principe de toute chose dans les affaires humaines, suggère aujourd'hui que le salut, ou la survie, est dans l'enthousiasme avec lequel chacun apporte son concours à la lutte concurrentielle. Le choix ne serait donc pas entre obéissance et désobéissance mais entre réalisme et illusion. Dans cette nouvelle conjoncture mondiale, le salut collectif serait dans la manière de mener la guerre des entreprises. La violence ne serait pas de nature politique ou morale, mais de nature économique.

La référence à la guerre économique invite à suspendre toute délibération morale. « À la guerre comme à la guerre ! » La science remplacerait l'argumentation morale et la gestion ne serait plus que l'*application*, hors du champ éthique, de la science. Refuser de collaborer, ce serait comme refuser la gravitation universelle. S'opposer à la centralité de l'économique, ce serait comme, au temps de Galilée, adopter la position de l'Église s'opposant à l'héliocentrisme succédant à la centralité cosmique de la terre. S'opposer à l'ordre économique serait non seulement une sottise mais aussi la marque de l'obscurantisme.

Bien entendu, de la même manière que personne n'a individuellement les moyens de vérifier la théorie de Galilée, de Copernic, de Kepler ou de Newton, les braves gens n'ont aucun moyen de vérifier, ni de soumettre à un appareillage expérimental quelconque, l'économico-centrisme passant pour l'héliocentrisme de la fin du millénaire. La croyance dans la science, qu'on cherche à faire passer pour de l'érudition, fonctionne en fait ici comme imaginaire social et disqualifie la réflexion morale et politique. Ainsi la collaboration au « sale boulot » peut-elle conférer aux collaborateurs le statut de citoyens éclairés.

Notre analyse conduit à la position inverse : ce n'est pas la rationalité économique qui est cause du travail du mal, mais l'enrôlement progressif de la majorité dans le travail du mal qui recrute l'argument économiciste comme moyen de *rationalisation* et de justification, après coup, de la soumission et de la collaboration au sale boulot. Il convient donc ici de distinguer deux termes, à vocations antinomiques : rationalité et rationalisation.

5 – « Sale boulot », banalité du mal et effacement des traces

Aujourd'hui, on embauche des « Bac + 2 » chargés de faire le sale boulot ; notamment le sale boulot vis-à-vis des sous-traitants. On forme même, dans une université parisienne, de jeunes étudiants à un diplôme d'études supérieures, c'est-à-dire à un diplôme de praticien de niveau Bac + 5, dont le titre est : « DESS de DRH, option licenciement ».

De sorte qu'une fraction de la population, notamment des jeunes, privés de transmission de la mémoire du passé par les anciens qui ont été écartés de l'entreprise, se trouve ainsi conduite à apporter son concours au « sale boulot », toujours au nom du réalisme économique, et de la conjoncture. Ils plaident tous, *nolens volens*, en faveur de la thèse de la causalité du destin, de la causalité systémique et économique, à l'origine du malheur social actuel. Commettre l'injustice au quotidien contre les sous-traitants, menacer ceux qui travaillent de licenciement, assurer la gestion de la peur comme ingrédient de l'autorité, du pouvoir et de la fonction stratégique, apparaissent comme une banalité pour les jeunes embauchés qui ont été sélectionnés par l'entreprise. Le recrutement de jeunes diplômés, sélectionnés facilement sur des critères idéologiques qui ne se veulent pas tels, parmi la masse des candidats en recherche d'emploi, l'absence de transmission de la mémoire collective à cause du licenciement des anciens, et l'effacement des traces dont il a été question au chapitre consacré à la stratégie de la distorsion communicationnelle, forment un dispositif efficace pour éviter la discussion sur les pratiques managériales dans l'espace public. *La société civile n'est pas informée directement des usages banalisés du mal dans l'entreprise*. L'effacement des traces empêche les plaintes en justice d'aboutir et les instructions judiciaires de conduire à des procès qui auraient quelque écho dans la presse. La société civile, scandalisée par les procès quand il y en a (voir l'exemple de Forbach, *in* Zerbib,

1992), ignore l'étendue du problème, l'extension qu'ont connue ces usages iniques depuis une quinzaine d'années. À ce point que l'incrédulité vis-à-vis des informations, qui parfois transpirent cependant de l'entreprise, est la règle. Chaque fois qu'une « affaire » émerge, elle passe pour exceptionnelle. C'est grâce à ce dispositif que chacun, *même parmi ceux qui individuellement ont une expérience concrète des iniquités commises au nom de la rationalité économique*, pourra affirmer, si un jour le mensonge était défait : « Je ne savais pas. »

VII

Ambiguïtés des stratégies de défense

1 – L'aliénation

Dans mes recherches sur le travail depuis le séminaire « Plaisir et souffrance dans le travail » de 1986-1987, je me suis surtout efforcé de développer la psychodynamique du plaisir dans le travail et du travail comme médiateur irremplaçable de la réappropriation et de l'émancipation (Dejours, 1993 b). Si les rapports sociaux de travail sont d'abord des rapports de domination, le travail, cependant, peut permettre une subversion de cette domination par le truchement de la psychodynamique de la reconnaissance : reconnaissance par autrui de la contribution du sujet à la gestion du décalage entre l'organisation prescrite et l'organisation réelle du travail (cf. chapitre I). Cette reconnaissance de la contribution du sujet à la société et à son évolution par le truchement du travail ouvre sur la réappropriation. Lorsque la dynamique de la reconnaissance fonctionne, le sujet bénéficie d'une rétribution symbolique qui peut s'inscrire au registre de l'accomplissement de soi, dans le champ social. Ces recherches s'inscrivaient dans la fidélité à l'orientation théorique fondamentale proposée par Alain

Cottereau (1988), selon qui il faut adopter une position de prudence théorique vis-à-vis du concept d'aliénation et, par principe, dissocier domination et aliénation. Cette position me semble aujourd'hui encore pleinement justifiée, et d'une grande puissance heuristique pour la recherche. Elle avait été formulée par Alain Cottereau par réaction à certaines tendances trop teintées, selon lui, de « sociologisme vulgaire », décelables dans mon essai, *Travail : usure mentale*. À la fin de ce livre, en effet, je soulevais le problème de l'aliénation, qui me semblait inévitablement impliqué par la clinique en psychopathologie du travail. J'étais alors fortement impressionné par le pouvoir des contraintes de travail de générer l'aliénation et la violence. Non pas directement, comme on le croit souvent en invoquant « l'intériorisation » des contraintes, mais par le truchement de stratégies de défense contre la souffrance : les stratégies collectives de défense comme dans le bâtiment et les travaux publics ou dans la chimie, mais aussi les stratégies individuelles de défense comme la répression pulsionnelle chez les travailleurs soumis à un travail répétitif sous contrainte de temps, défenses qui me semblent toujours receler un danger potentiel pour l'autonomie subjective et morale. Ainsi le travail apparaît-il comme foncièrement ambivalent. Il peut générer le malheur, l'aliénation et la maladie mentale, mais il peut aussi être médiateur de l'accomplissement de soi, de la sublimation et de la santé.

Le problème du mal, analysé dans le cadre de cet essai, reprend le problème initial de l'aliénation. Les dégâts affectifs et cognitifs engendrés par le travail répétitif sous contrainte de temps, je les avais repérés depuis longtemps : la fermeture de tout accès, dans le registre psychique, à la sublimation favorise l'émergence de la compulsivité et de la violence, comme cela me semblait évident, en particulier dans la clinique des dégâts humains occasionnés par le transfert des productions de série dans les pays d'Amérique latine (Thébaud-Mony, 1990).

La question du mal s'est trouvée posée d'une manière tout à fait nouvelle par l'émergence de conduites iniques généralisées, dans des contextes organisationnels différents de la chaîne fordienne, notamment dans le cadre des nouvelles méthodes de direction des entreprises et de management, aussi bien dans les nouvelles technologies (comme la production nucléaire) que dans les entreprises dites « de troisième type » (modèle japonais, management des multinationales américaines en France, etc.).

L'analyse de l'injustice infligée à autrui, comme forme *banalisée* de management, suggère de revenir sur l'interprétation de l'expérience nazie. Cette dernière aurait été impossible *sans la mise au travail*, en masse, du peuple allemand, au profit du mal, avec l'usage généralisé de la violence, de la cruauté, etc. Cette mise au travail de masse relève-t-elle de « causes » extérieures au travail (violence, menace de mort, disciplinarisation et contrôle militaire, etc.) aboutissant à un consentement involontaire et à la résignation, ou de « causes » endogènes, inhérentes au travail, seulement exploitées d'une manière spécifique par le régime nazi ?

J'ai, sur cette question, buté longuement. Est-il possible que la réponse tienne dans un jeu de mots ? Le travail du mal serait-il aussi le travail du mâle ? Serait-ce la virilité dans le travail qui serait le verrou du travail du mal ? Telle est la conclusion à laquelle conduit pourtant l'analyse psychodynamique des situations de travail.

En substance, le régime nazi réussit comme tous les

régimes totalitaires à faire passer, aux yeux d'une partie de la population, le mal pour le bien ou au moins à le « blanchir », à ce point qu'on en arriva à identifier des formes de massacres où la cruauté, la violence, la destructivité, furent non seulement banalisées, mais purent même être comprises, à la limite, comme relevant de la sublimation. C'est le comble ! De quoi s'agit-il ? Hannah Arendt, parlant d'Eichmann, souligne que celui-ci n'était pas pervers, qu'il éprouvait même de la répulsion devant le sang, qu'il avait demandé à être dispensé de visite dans les camps de concentration et qu'il se considérait plutôt comme un homme sensible.

La question est reprise de façon magistrale, dans le sillon de Hannah Arendt, par Christopher Browning. Ce dernier montre que la plupart des policiers envoyés à l'Est pour procéder à l'épuration ethnique n'éprouvent aucun plaisir, aucune excitation, aucune jouissance à exécuter heure après heure, jour après jour, des innocents sans défense. Rapidement, au cours de leur apprentissage sur le tas du « *travail* d'extermination », leur préoccupation se concentre exclusivement sur l'exécution du travail : tuer le plus vite possible, le plus grand nombre possible de Juifs. Ils mettent alors au point des techniques : technique des couches successives de Juifs se couchant à plat ventre sur les corps encore chauds de la vague précédemment exterminée, technique de la visée à bout portant sur la nuque, guidée par l'application de la baïonnette sur le cou, car trop bas le coup ne tue pas toujours, et trop haut dans la tête, la balle fait éclater le crâne, de sorte que d'importantes projections de sang, de cerveau et d'os viennent se coller sur les bottes, les pantalons et les basques du policier-tueur (Browning, 1992, p. 79-97).

Le ressort de cette activité n'est manifestement pas la

perversion, mais la gestion la plus rationnelle du rapport entre tâche et activité, entre organisation prescrite et organisation réelle du travail. Dépourvue de toute excitation et de toute jouissance, cette activité est légitimée ou, au moins, blanchie par des discours idéologiques fréquemment repris au retour du terrain d'extermination par la hiérarchie militaire, conférant au policier-tueur la reconnaissance du travail bien fait. Cette activité, totalement *désérotisée*, peut en imposer pour une activité sublimatoire ! La violence comme sublimation !

Quels sont les processus psychiques impliqués dans cette alchimie qui transforme l'abomination en sublimation ? La violence impulsive, compulsive, colérique, furibonde, n'est jamais tenue pour une valeur dans l'extermination des Juifs. Au plus, ces qualificatifs peuvent-ils servir de circonstances atténuantes dans le procès de la violence. Mais la violence froide, réfléchie, stratégique, préméditée, commise par un individu de son propre chef et pour son propre intérêt, n'est pas non plus tenue pour une valeur : ces qualificatifs en font au contraire une circonstance aggravante dans le procès de la violence.

La violence, l'injustice, la souffrance infligées à autrui ne peuvent être rangées du côté du bien que si elles sont infligées dans le cadre *d'une contrainte de travail ou d'une « mission » qui en sublimerait la signification*.

Outre les relations entre violence et sublimation, il faut examiner le rapport entre culpabilité, peur et virilité. La valeur que constitue la capacité virile à infliger sans défaillir la violence à autrui ne peut être « justifiée », au plan éthique, que dans la mesure où le « courage » dont il faut faire preuve pour accomplir le mal est investi au profit d'une *activité* : celle de la guerre ou d'un autre travail dans un contexte de danger collectif (celui de perdre la guerre et de risquer des représailles). Sinon le passage de la position de l'endurance à exercer la violence à celle de tortionnaire (ou de bourreau, d'agent exerçant la violence de son propre chef) serait suspect d'être motivé par le plaisir de faire le mal et serait jugé comme pervers. Ainsi, la dimension de la *contrainte obligataire,* d'une part, la dimension *utilitariste,* d'autre part, sont-elles inséparables de la *« justification »* de la violence, de l'injustice ou de la souffrance infligées à autrui. Mais la justification de l'exercice de la violence ne saurait neutraliser la peur. Tout au plus libère-t-elle le sujet de sa *culpabilité* ou de sa honte, mais pas de sa peur. La justification, de plus, fonctionne à son tour comme un appel, ou au moins comme une obligation à continuer. À la peur manifeste sont associées les notions péjoratives de couardise, de lâcheté. La virilité vient alors soutenir la lutte contre les manifestations de la peur en promettant prestige et séduction à celui qui affronte l'adversité et en menaçant *a contrario* celui qui fuit de perdre son identité sexuelle de mâle.

Le courage, à l'état pur, sans adjonction de virilité, est une conquête foncièrement *individuelle*. Il est rare. Et il n'est jamais définitivement acquis. La peur peut toujours resurgir, si tant est qu'elle ait jamais été totalement neutralisée. Le courage sans virilité peut se déployer dans le silence et la discrétion et s'évaluer dans le for intérieur. Il peut se passer de la reconnaissance par autrui.

La virilité, en revanche, est une conduite dont la valeur est fondamentalement captive de la validation par autrui. Le courage relève essentiellement de l'autonomie morale-subjective, cependant que la virilité témoigne de la dépendance vis-à-vis du regard de l'autre.

Le courage viril a besoin d'un théâtre public et d'une mise en scène. N'est viril que celui qui est reconnu comme tel par la communauté d'appartenance des hommes virils. Le courage viril a besoin d'épreuves de démonstration. S'il faut des démonstrations, il faut aussi des *occasions* permettant d'exhiber le courage viril. Cette contrainte ne vient pas seulement de la nature de la virilité, elle provient aussi de l'*intrication irréductible entre virilité et contrainte de travail*. Est un bon travailleur, est un combattant crédible et valeureux, celui qui montre – même en dehors de la situation exigeant la conduite courageuse et virile – qu'il a à ce point assimilé ces qualités qu'elles sont partie intégrante de sa personne, et qu'en s'impliquant dans quelque tâche que ce soit, il mobilise spontanément ces qualités. En d'autres termes, la maîtrise est constante. Maîtrise de quoi ? Maîtrise d'un savoir-faire et d'un savoir-être grâce à laquelle l'homme courageux peut faire la preuve, à tout instant, qu'il n'a pas peur.

La virilité, enfin, ne se montre pas que dans des conduites ou des comportements. Elle est aussi, plus fondamentalement encore, exemplarisée dans l'ordre du discours. Le *discours viril* est un discours de maîtrise, appuyé sur la connaissance, la démonstration, le raisonnement logique, supposé ne laisser aucun reste. La connaissance scientifique et technique permettrait d'écarter toute menace de défaillance et d'échapper à l'expérience de l'échec, de disposer d'une maîtrise sur le monde.

Le *discours féminin*, au contraire, n'accorderait pas à la science et à la connaissance le statut que leur confère le discours viril. Serge Leclaire (1975) rapporte cette distinction entre discours sexués à la différence anatomique entre les sexes. Les femmes auraient, dès le départ, une connaissance de l'existence de la castration et conserveraient toujours une certaine réserve devant les prétentions à la totalisation, fût-ce par la science. Les hommes, de leur côté, s'engageraient dans un processus inverse. L'angoisse de castration, ils pourraient la conjurer dans un premier temps. Par la suite, elle ferait retour essentiellement sous la forme d'une menace, contre laquelle ils lutteraient par un investissement fort dans le discours de maîtrise, de connaissance et de démonstration, grâce auquel ils s'efforceraient de se convaincre de leur invulnérabilité vis-à-vis de la castration et donc de la pérennité de leur possession du phallus.

Dans l'idéologie défensive du cynisme viril, la rationalisation par l'économique est une forme de maîtrise symbolique typique des hommes. Les enquêtes de psychodynamique du travail montrent, ainsi que l'avaient suggéré Helena Hirata et Danièle Kergoat (1988), que les femmes ne construisent pas, entre elles, dans le monde des femmes, de stratégies collectives comparables à celles des hommes. À ce point qu'on soit légitimement fondé à se demander si les stratégies collectives de défense ne sont pas toujours des stratégies viriles. La réponse à cette question a été apportée par Pascale Molinier (1995) dans ses recherches sur le seul métier connu entièrement construit par des femmes, à savoir le métier d'infirmière. Y fonctionnent bel et bien des stratégies collectives de défense spécifiques, mais dont la structure est radicalement différente de toutes les autres stratégies collectives de défense connues en clinique du travail, qui, sans exception, sont associées à la virilité.

Le rapport au savoir et à la maîtrise, d'une part, au réel, à l'échec et à la défaillance, d'autre part, est sensiblement différent de celui des hommes. Chez les infirmières, il y a reconnaissance primordiale du réel. La stratégie défensive consiste à l'*encercler*, ce réel, cependant que dans les stratégies collectives de défense marquées du sceau de la virilité, le réel et son corollaire – l'expérience de l'échec – font l'objet d'un *déni* collectif et d'une rationalisation.

2 – Virilité *versus* travail

Si l'on en croit la clinique de la psychodynamique du travail, le courage, lorsqu'il est mobilisé pour répondre à une injonction, un ordre ou une *mission* (et non par un choix libre, souverain et individuel), a besoin d'un supplément : la virilité. La « mission » mobilisatrice est avant tout, sinon exclusivement, spécifique du travail. Ce sont le travail et les rapports sociaux qui le sous-tendent qui pervertissent le courage, en favorisant le recours complémentaire à la virilité. Le travail, en tant qu'activité coordonnée soumise au jugement utilitariste, est en effet au centre de l'activité guerrière, comme dans les autres métiers à risques – le BTP, la chimie, le nucléaire, la pêche en haute mer, la police, les pompiers. Dans les missions d'encadrement où le management se sert de la menace à la précarisation contre ses propres salariés, il s'agit aussi d'un travail à part entière. Compte tenu de la place capitale qu'occupe la virilité dans la distorsion sociale qui fait passer le mal pour le bien, il faut admettre que, lorsque existe une *contrainte* ou une injonction à surmonter la peur, les processus psychiques individuels et collectifs font davantage appel à la virilité défensive qu'au courage moral.

Quand la peur ne résulte pas de la violence d'autrui, ou de la nécessité d'affronter un adversaire ou un ennemi, mais de la menace exercée par les conditions physiques, les catastrophes naturelles, les catastrophes industrielles, ou plus trivialement par les risques d'accident ou de mort par le travail, les processus psychiques sont les mêmes.

À la condition *sine qua non*, toutefois, que, face à ce qui fait peur, il n'y ait pas la possibilité de fuir, ou de déclarer forfait, mais une injonction à poursuivre son activité dans un contexte de menace. En d'autres termes, l'origine du mal ne semble pas se situer dans la violence elle-même, mais en amont dans les stratégies collectives de défense mobilisées pour lutter contre la peur dans un contexte de rapports sociaux de domination où il n'est pas possible de déclarer forfait.

3 – Retour sur les stratégies collectives de défense

Les stratégies individuelles de défense occupent une place importante dans l'adaptation à la souffrance. Mais elles ont peu d'incidences sur la violence sociale, parce qu'elles restent d'ordre individuel. La psychodynamique du travail a découvert aussi l'existence de stratégies collectives de défense, qui sont des stratégies construites collectivement. Si, même dans ce cas, le vécu de souffrance reste fondamentalement singulier, les défenses, quant à elles, peuvent faire l'objet d'une coopération. Les stratégies collectives de défense contribuent de façon décisive à la cohésion du collectif de travail, car travailler ce n'est pas seulement avoir une activité, c'est aussi vivre : vivre le rapport à la contrainte, vivre ensemble, affronter la résistance du réel, construire le sens du travail, de la situation et de la souffrance.

Cette construction collective a d'abord été mise en évidence dans le bâtiment et les travaux publics. Les travailleurs du bâtiment doivent affronter dans leur travail des risques pour leur intégrité physique. Et ils souffrent de la peur. Pour pouvoir continuer de travailler dans le cadre des contraintes organisationnelles qui leur sont imposées (cadences, conditions météorologiques, qualité ou défectuosité des outils, présence ou défaillance des dispositifs de sécurité et de prévention, modalités de commandement, improvisation de l'organisation du travail, etc.), ils luttent contre la peur par une stratégie qui consiste, en substance, à agir sur la perception qu'ils ont du risque. Ils opposent au risque un déni de perception et une stratégie qui consiste à tourner le risque en dérision, à lancer des défis, à organiser collectivement des épreuves de mise en scène de risques artificiels, que chacun doit ensuite affronter publiquement selon des protocoles variables, pouvant aller jusqu'à l'ordalie.

Ces stratégies, bien entendu, ont plutôt tendance à aggraver qu'à limiter le risque. Elles ne fonctionnent en fait que par rapport à la *perception* du risque, qu'elles visent à chasser de la conscience. *A contrario*, en effet, on constate que tout discours sur la peur est interdit de séjour au chantier, et qu'en association à ces comportements de bravade, de résistance face aux consignes de sécurité, d'indiscipline vis-à-vis de la prévention, etc., il y a aussi des tabous.

Plusieurs autres comportements doivent en outre être mentionnés :

– l'usage très répandu de l'alcool, qui est un puissant sédatif de la peur, mais qui n'est pas identifié comme tel et apporte une protection contre la peur tout en respectant l'interdit de parler d'elle ;

– et surtout, ce qui nous intéresse ici au premier chef, en regard des interdits sur la verbalisation de la peur, la contrainte à exhiber ces antonymes : le courage, l'endurance à la douleur, la force physique, l'invulnérabilité, irréductiblement articulés à un système de valeurs centré par la virilité.

Ne pas accepter de partager l'alcool, adopter des conduites timorées ou trahissant la peur, refuser de participer aux épreuves de défi du risque, etc., est immanquablement tenu non pour une attitude de souffrance, mais pour une attitude de femme, ou de « pédé ». Se soustraire à la stratégie collective de défense, c'est encourir la honte, le mépris, l'exclusion de la communauté des hommes, parfois même l'impitoyable persécution, les coups bas, les chausse-trappes, les pièges tendus par les autres. C'est risquer de devenir la cible de la vindicte collective qui prend toujours une forme d'insulte, de disqualification, voire de violence et d'humiliation sexuelles. De telles stratégies ont été retrouvées dans toutes les situations à risque : chimie, nucléaire, navigation de pêche et, bien sûr et surtout, dans l'armée où les bizutages atteignent les dimensions que l'on connaît, notamment dans les bataillons disciplinaires, la Légion étrangère, les commandos, etc. La stratégie collective de défense du cynisme viril rencontrée chez les cadres des entreprises de pointe présente les mêmes caractéristiques structurelles que celle des ouvriers du bâtiment.

4 – Réversibilité des positions de bourreau et de victime

C'est grâce à ces épreuves, qui, dans le bâtiment et les travaux publics, prennent parfois la forme d'un parcours du combattant, que la virilité est attestée par autrui. Mais c'est aussi grâce à ces épreuves que l'on se prouve à soi-même la capacité que l'on a de surmonter sa peur. Plus on doute de cette capacité de ne pas avoir peur, et plus il faut accroître et aggraver les épreuves et les démonstrations. Dans les collectifs de travail, il est donc nécessaire à chacun d'apporter sa contribution *en adoptant tantôt la position de la victime soumise à l'épreuve, tantôt la position de celui qui impose l'épreuve et la violence à autrui.*

En d'autres termes, le passage par le collectif, dans la participation à la stratégie collective de défense contre la peur ou contre la menace, scelle inévitablement les deux positions de victime et de bourreau, de soumission et de menace.

Le résultat de ce processus, c'est que celui qui s'efforce de vaincre la peur que suscite en lui la menace contre son intégrité corporelle et morale dans l'exercice d'une « activité coordonnée utile » (c'est-à-dire d'un travail), est conduit, *nolens volens*, à devenir à son tour complice de la violence, à la justifier au nom de l'efficacité de la maîtrise et de l'apprentissage à vaincre la peur. En effet, celui qui ne parvient pas à franchir ces épreuves présente deux caractéristiques :

– d'abord, ce n'est pas un homme viril, et à ce titre il peut légitimement être pris par les autres pour cible du mépris sexiste ;

– ensuite, par son attitude d'échec, par sa conduite timorée, par sa peur, il devient une source de réactivation de la peur des autres. La conduite timorée ne peut être tolérée sur le chantier. Il faut l'écarter, l'éliminer. Éventuellement, sa conduite justifie la persécution et l'exercice de la violence contre lui. Cela se rencontre banalement dans les stratégies collectives de défense, les bizutages, etc., où les victimes sont souvent ceux qui montrent des signes de défaillance ou d'hésitation, un manque de conviction ou d'enthousiasme vis-à-vis des marques extérieures de la virilité.

La radicalisation de ce processus est difficilement évitable, notamment quand la peur tend à refaire surface et qu'il faut surenchérir.

La virilité défensive débouche sur le mépris du faible, et aussi, souvent, sur la haine du faible, parce qu'il dérange un équilibre fragile. Une assurance supplémentaire est gagnée dans la lutte contre la peur lorsque, collectivement, ceux qui appartiennent à la communauté des forts exercent une domination attentive sur les faibles. Cette domination, en effet, opère une coupure qui les protège d'une osmose, d'une contagion ou d'une contamination par les faibles, par leurs sentiments, leurs réactions, leurs idées, leurs façons de penser et de vivre.

Cette domination peut d'abord s'exercer sur le sexe « faible », c'est-à-dire sur les femmes, mais aussi sur tous les hommes qui manquent de virilité.

5 – Retour sur le mal

La tradition philosophique a étudié le mal comme une catégorie *a priori*, dont les historiens, les sociologues et les psychologues analysent les formes concrètes. Jusqu'à ce que surviennent le nazisme et les camps d'extermination. À partir de cette étape de l'histoire humaine, le questionnement philosophique s'est brutalement inversé. Le système concentrationnaire de la société nazie donne au mal une forme concrète qui dépasse toutes les possibilités que la philosophie avait de le penser rationnellement. La réflexion philosophique se redéploie à partir d'une nouvelle question : comment comprendre que le nazisme ait émergé dans un pays dont nul ne conteste qu'il était alors rendu « à la pointe la plus avancée de la civilisation » ?

Et il est vrai que même ceux qui ont assisté à ce processus de la montée et de la domination du nazisme sont incapables d'expliquer comment les ressorts éthiques ont pu, tous, être anéantis et laisser la voie libre à la peste noire.

Après l'inversion de la question philosophique, qui doit désormais partir de la « solution finale », dont tout le monde reconnaît qu'elle est l'expression du mal radical dans les sociétés humaines, la question, à notre avis, se déplace encore d'un degré. Le problème central du mal, c'est celui de la *mobilisation en masse* du « peuple le plus civilisé » dans l'accomplissement du mal. Ce qu'il s'agit d'expliquer, ce n'est plus la volonté de tuer ou de massacrer, d'exercer la violence contre autrui ou de torturer. Ces formes concrètes du mal sont connues depuis toujours. Il s'agit plutôt d'élucider le processus qui rend possible la *mobilisation de masse* dans le travail de la violence rationalisée. L'interprétation inspirée par la clinique du travail que nous proposons dans cet essai est une contribution à l'analyse et à la compréhension du processus de mobilisation de masse des « braves gens » dans le « sale boulot ». Ce processus, que nous désignons du terme de « banalisation du mal », nous l'étudions *in statu nascendi*, dans la période contemporaine d'organisation consciente de la paupérisation, de la misère, de l'exclusion et de la déshumanisation d'une partie de leur propre population, par des pays ayant atteint « un haut degré de civilisation », d'une part, connaissant un accroissement sans précédent de leurs richesses, d'autre part, à commencer par la société française d'aujourd'hui.

De notre point de vue, le processus de mobilisation de masse dans la collaboration à l'injustice et à la souffrance infligées à autrui, dans notre société, est le même que celui qui a permis la mobilisation du peuple allemand dans le nazisme. Le fait que le processus soit le même n'implique pas que nous soyons dans une phase de construction d'un système totalitaire. Le point de départ et d'enclenchement du processus actuel ne se situe pas dans un contexte socio-historique comparable à celui des années 20 et 30. Nous sommes en mesure d'observer les effets tragiques qu'il a aujourd'hui sur des millions de nos concitoyens, mais nous ne pouvons pas pour autant prévoir ses effets à terme sur la démocratie. Nous reviendrons plus loin sur ce qui permet de distinguer néolibéralisme et totalitarisme du point de vue de l'analyse clinique des processus en cause.

VIII

La banalisation du mal

1 – Banalité et banalisation du mal

Dans son livre *Eichmann à Jérusalem*, Hannah Arendt ne parle de la banalité du mal qu'à la toute fin du texte, puisque l'expression n'apparaît que dans la dernière phrase (Arendt, 1963). Elle précise dans la postface que son ouvrage n'a pas pour objet l'analyse du mal ni de sa banalité, mais la discussion des problèmes que pose un tel procès, celui d'Eichmann, vis-à-vis de l'exercice de la justice. Pourtant, le livre porte bien le sous-titre : « Rapport sur la banalité du mal ».

Il semble que la façon dont Hannah Arendt introduit cette notion, qui ne vaut sûrement pas pour une conclusion, vient, en quelque sorte, donner *son jugement à elle* sur la personne d'Eichmann, dont elle dit pourtant ailleurs que c'est un grand criminel. La banalité du mal renvoie ici essentiellement à la personnalité d'Eichmann, dont l'étrangeté même consiste dans sa platitude. Ce n'est ni un héros, ni un fanatique, ni un malade, ni un grand pervers, ni un paranoïaque, ni un « personnage ». Il est sans originalité. Il ne donne prise à aucun commentaire particulier. Il ne suscite pas la curiosité ni le désir de comprendre ou d'interpréter. Il n'est pas énigmatique. Il n'est ni séduisant ni répugnant. Il est fondamentalement terne.

Que recouvre cette notion de banalité du mal, telle qu'elle semble se dégager de l'esprit du texte d'Arendt ? Eichmann, qui n'est pas un psychopathe, n'est pas non plus un simple rouage du système nazi, en ce sens que, s'il est foncièrement un être obéissant, cette obéissance n'est pas une soumission absolue impliquant l'abolition de tout libre arbitre. Ce n'est pas un débile, ni un aliéné comme on en rencontre parfois en psychopathologie, il n'est pas privé de volonté, ce n'est pas un robot.

C'est sans doute cette position intermédiaire qu'occupe Eichmann – entre le leader passionné ou paranoïaque et l'esclave aliéné – qui fait de lui un sujet terriblement « banal ». Aussi sa méchanceté, sa malignité, son détachement sont-ils banals, eux aussi.

Mais cet homme est-il représentatif, exemplaire, typique du sujet appartenant au peuple ou à la masse ? Ce n'est pas du tout certain. Il peut être un homme banal, sans être pour autant un exemplaire de « l'homme moyen ».

De sorte que de la banalité du mal et de la banalité de l'homme Eichmann, on ne débouche pas immédiatement sur l'analyse ni sur l'élucidation de la participation en masse du peuple allemand au nazisme.

Je reprends l'idée arendtienne de banalité du mal pour lui donner d'autres connotations que celles qui émergent de son livre sur Eichmann. Le problème que je veux soulever est précisément celui du consentement, de la participation, de la collaboration de millions de personnes, au système : environ 80 % du peuple allemand, soit soixante-quatre millions de personnes sur les quatre-vingts millions que comptait l'Allemagne d'alors (Sofsky, 1993).

C'est cette banalité, au sens de caractéristique ordinaire, et non extraordinaire, du comportement, qui m'intéresse, la banalité d'une conduite aussi surprenante, et non la banalité des personnalités. Lorsque l'on passe de l'analyse de la banalité de la conduite criminelle, de la banalité du mal, de son caractère absolument non exceptionnel, à l'étude des personnalités, le problème change : c'est que les personnalités sont très variées dans un peuple et que, précisément, toutes ces personnalités ne sont pas banales. Comment se peut-il qu'un éventail aussi diversifié de personnalités ait pu être *compatible* avec la participation à une démarche tout à fait anormale et exceptionnelle en d'autres circonstances – celle du crime et de la violence – mais devenue normale dans l'Allemagne des années 30 ? Comment a-t-il été possible d'accorder une telle diversité de personnalités avec un comportement unifié, monolithique et coordonné, de tueurs ?

En raison même de cette question, j'ai tendance à penser que, avant le problème de la *banalité* du mal, on doit poser celui de la *banalisation* du mal, c'est-à-dire du *processus* grâce auquel un comportement exceptionnel, habituellement entravé par l'action et le comportement de la majorité, peut être érigé en norme de conduite, voire en valeur.

Or la banalisation du mal suppose, à son origine même, la constitution de conditions spécifiques pour pouvoir viser le consentement et la coopération de tous à ces conduites et à leur valorisation sociale.

Je fais subir à la notion arendtienne, incontestablement, un glissement sémantique, mon problème initial ne relevant pas de la psychologie individuelle, ni du souhait de comprendre la personnalité spécifique d'Eichmann. Mon problème est de comprendre une *conduite de masse* qui se moque des singularités et des personnalités individuelles, qui les « transcende » en quelque sorte, et fait apparaître la personnalité comme de peu de poids au regard d'une conduite d'adhésion collective.

Ma thèse est que le dénominateur commun à toutes ces personnes, *c'est le travail*, et que, à partir de la psychodynamique du rapport au travail, on peut, peut-être, comprendre comment la « banalisation » du mal a été possible.

2 – Le cas Eichmann

Commençons cependant par le problème posé par la personnalité d'Eichmann. Elle est déconcertante par sa banalité même, c'est-à-dire par l'absence de prise à l'analyse qu'offrent son comportement et sa pensée. C'est un peu comme une surface lisse, sans relief. Pourtant, ce problème est intéressant, d'une part, au titre de la psychologie générale, d'autre part, au titre de la psychodynamique du travail.

Le problème posé par Arendt n'est pas un problème psychologique mais un problème de justice et de droit, d'abord, un problème éthique, ensuite. Hannah Arendt, par ailleurs, se méfie de la psychologie et de la psychanalyse. On la comprend, vue la multitude de pseudothéories psychologiques qui ont été proposées pour interpréter le phénomène nazi. Mais cela ne justifie pas que le psychopathologiste s'abstienne de poser, à partir du cas Eichmann, des problèmes dans son propre champ de recherche (et non dans le champ politique). La discussion de la personnalité d'Eichmann, on va le voir, révèle un fonctionnement psychique assez particulier qui, s'il est frappé de banalité, n'est pas fréquent pour autant. Cette discussion, cependant, peut révéler certains éléments intéressants pour interpréter la mobilisation, en masse, de personnalités différentes de celles d'Eichmann en faveur du nazisme.

Hannah Arendt caractérise, en fin de compte, la personnalité d'Eichmann par « l'absence d'imagination », le manque fondamental de pensée, ou de « faculté de penser », expressions dont nous préciserons plus loin le sens exact. Et, sur ce point, je crois qu'elle a, une fois encore, une intuition fulgurante, bien que très déconcertante sans doute pour beaucoup de lecteurs. Cette déficience de la capacité de penser est associée à quelques autres caractéristiques :

1/ La tendance à *mentir* à autrui, comme à soi-même, pour embellir sa situation, pour dorer son blason. Ce n'est pas un fabulateur, qui produirait constamment de nouveaux mensonges, à la demande, ou se servirait d'un mensonge systématisé pour fonder son rapport à autrui. Eichmann ne ment qu'occasionnellement, essentiellement par forfanterie, par vantardise, sans pour autant tenter de construire de lui une image surpuissante, héroïque, exceptionnelle, vertueuse, courageuse, virile ou généreuse… que sais-je encore ? Il n'y a pas chez lui de culte mégalomaniaque de soi, ni de tentative de provoquer systématiquement l'admiration, le respect, la passion ou l'amour. Il ne ment pas non plus pour servir des intérêts instrumentaux. Il n'est pas vénal ni corrompu. Il ment « pour faire impression » seulement, pour se rendre

« important ». Ça ne va guère plus loin. Il ne veut pas fasciner. Il n'est pas foncièrement ambitieux ni arriviste. Il est tout au plus vaniteux.

2/ La tendance à l'*obéissance*, à la discipline, à la rigueur dans l'exercice de ses fonctions, dans la qualité de son travail, au respect aussi des conventions, des accords et des contrats. Il n'est pas obséquieux, il n'est pas dans un rapport de soumission, d'esclavage, d'aliénation, de robotisation, il n'a pas renoncé à son libre arbitre, à sa liberté, à sa volonté, à sa réflexion, à ses décisions, même si l'ampleur de la délibération intérieure reste modeste, au point que parfois ses raisonnements puissent passer pour simplistes, voire confinent à la sottise.

3/ La tendance à *se rassurer*, à se satisfaire, à se réjouir même de certaines formules qui lui plaisent, par leur forme plutôt que par leur contenu, et lui redonnent comme un élan, comparable à l'effet qu'a sur certaines personnalités l'alcool, comme désinhibiteur, viatique euphorisant, psycho-stimulant et sédatif de l'angoisse. Ces formules clefs, semble-t-il, ont cet effet lorsqu'il les trouve ou les invente lui-même, ou lorsqu'il les emprunte au clavier des stéréotypes, considérant alors ceux-ci comme particulièrement bien choisis ou à propos.

4/ La tendance à céder à des mouvements de *déception*, suivis de découragement et d'apathie, de perte de tout élan, de déficit sthénique, de *taedium vitae laborisque*. Ces mouvements ne vont pas jusqu'à la dépression franche. Ils sont déclenchés par des ordres contradictoires, par la remise en cause de ce qu'il considère comme la base contractuelle de son engagement ou de son travail. C'est comme si l'ordre contradictoire ou le changement d'orientation décrété par ses supérieurs avait un effet désorganisateur sur sa vision du monde, sur le sens même de son travail, de sa contribution, de ses efforts pour bien faire, comme si cela signifiait un déni ou un désaveu de reconnaissance, avec ses conséquences démobilisatrices.

5/ La tendance à l'entêtement, à l'*obstination*, qui cependant ne vont pas jusqu'à l'opiniâtreté, le goût de l'effort, l'acharnement ou la passion. Cet entêtement est plutôt comme un simple prolongement de sa discipline, de son obéissance, qui pourtant ne sont pas aveugles. Entêté seulement. Cette tendance se concrétise essentiellement sous la forme du zèle dans les missions dont il a la charge.

6/ La tendance à la *dépendance* vis-à-vis des directives, de l'encadrement, de la protection conférée par les papiers signés. Sans les ordres qui ordonnent son monde, et pas seulement ses actes, il est déconcerté, indécis, morose, et au-delà il deviendrait apathique. Cette dépendance est de type bureaucratique et non intersubjective. Il ne montre aucun signe de dépendance *affective* vis-à-vis d'autrui, de ses collègues, de ses subordonnés ou de ses supérieurs. Il respecte les gens mais ne semble jamais céder à des mouvements de fascination. C'est ce qui donne à son comportement le caractère d'un conformisme exemplaire.

7/ L'*absence d'esprit critique* : il peut parfois être mécontent de ce qu'on lui demande, ou du comportement de tel ou telle autour de lui, mais ce mouvement relève plutôt du désenchantement, du réveil pénible devant la dure réalité, alors que, par ailleurs, il semble moralement plutôt endormi. Il n'argumente pas, il ne théorise pas, il ne généralise pas. Il en reste au mécontentement, à la grogne, mais il a par avance déjà capitulé. Il ne s'oppose jamais vraiment. Lorsqu'il n'est pas d'accord, il se désengage, il maugrée, mais il n'affronte pas, il n'insiste pas, son entêtement est finalement de courte durée, mais cela suffit à ne pas faire de lui une simple girouette. Lorsque l'encadrement s'efface – ce qu'il faut distinguer des situations où l'encadrement modifie ses orientations –, il a tendance à se sentir perdu, sans énergie (réaction à la perte d'étayage caractéristique de l'organisation « anaclitique »).

Comment comprendre la cohérence, si elle existe, qui organise les différents traits de la personnalité d'Eichmann ?

Sur la base de mon expérience clinique, je suggérerais deux voies d'analyse. La première relève de la psychanalyse, la seconde de la psychodynamique du travail.

3 – L'analyse des conduites d'Eichmann du point de vue psychopathologique

Je proposerai, pour rendre compte de cette configuration, le terme de « rétrécissement de la conscience intersubjective ». Cette organisation psychique consiste à établir une frontière nette entre deux parties du monde :

– le monde intersubjectif, immédiatement adjacent, proche et concentrique,

– et le monde au-delà, celui des autres humains, auquel il n'est instrumentalement lié par aucun rapport concret repérable ou identifiable.

Dans le premier monde, le *monde proximal*, Eichmann est sensible à autrui. Il peut montrer de l'attachement, de la confiance, par exemple au policier qui l'interroge pendant plusieurs jours avant le procès, ou avec les juges du tribunal. *A priori*, toute personne proche, qui montre pour sa personne un certain intérêt, ou qui a un pouvoir sur lui, suscite son attention, sa confiance, son envie de s'exprimer, son envie de parler de soi, de se faire comprendre, d'établir un dialogue. Vis-à-vis de ces personnes dans le monde proximal, il peut se sentir obligé, engagé, comme il peut honorer les contrats moraux ou sous seing et assumer correctement des responsabilités. Vis-à-vis d'autrui, dans le monde proximal, il peut donc montrer une certaine sensibilité, une certaine fidélité, et tenir ses promesses. Ce n'est pas une girouette. Il réfléchit. Il n'est donc pas dépourvu de sens moral.

En revanche, dans le *monde distal*, tout est indifférencié. Hommes et choses ont à peu près le même statut. Y règne seule, pour lui, la rationalité instrumentale. Il n'y a ni compassion, ni sensibilité, ni empathie, ni capacité d'identification à autrui. Il n'y a pas de commune mesure entre le monde distal et le monde proximal. Vis-à-vis des personnes qui peuplent le deuxième monde, il manifeste une indifférence affective à peu près totale, un détachement sans faille. En l'absence de lien immédiatement accessible à sa perception, aucune relation, dès lors qu'elle n'est pas directement expérimentable, ne peut être *imaginée* (défaut d'imagination sur la condition subjective d'autrui). La notion même d'*universalité morale* fait donc absolument défaut chez cet homme. Lorsqu'il cite Kant, il se trompe et décline le texte après avoir débarrassé les maximes de *La Critique de la raison pratique* de toute dimension de réciprocité. Vis-à-vis du monde distal, il n'y a aucun engagement, aucune responsabilité. Ce qui est vrai pour lui l'est aussi pour les autres : chacun ne peut être tenu pour responsable que vis-à-vis de son propre monde proximal. Il y a délégation et dégagement systématiques de toute responsabilité par rapport au monde distal. À l'intérieur du monde distal, les responsabilités ne concernent que ceux qui l'habitent, dans la stricte limite de ce qui les lie directement les uns aux autres.

De cette césure établie entre les deux mondes, on peut inférer que, fondamentalement, Eichmann ne dispose d'aucune conscience morale *stricto sensu*, d'aucune autonomie morale subjective, d'aucune capacité de jugement. Son monde moral est réduit au monde psychique et relationnel rigoureusement égocentrique.

Le recours à ce mode de fonctionnement psychoaffectif peut relever de la pure hypocrisie et de la perversion ou de la mauvaise foi. Mais il est souvent le fait des personnalités en « faux-self », qui sont de parfaits représentants de la *normopathie*[1]. C'est le cas d'Eich-

1. « Normopathie » est un terme utilisé par certains psychopathologistes (Schotte, 1986 ; Mac Dougall, 1982) pour désigner des personnalités qui se caractérisent par leur extrême « normalité », au sens de conformisme aux normes du comportement social et professionnel. Peu fantaisistes, peu imaginatifs, peu créatifs, ils sont en général remarquablement intégrés et adaptés à une société où ils se meuvent aisément et sereinement sans être perturbés par la culpabilité, dont ils sont indemnes, ni par la compassion, qui ne les concerne pas ; comme s'ils ne voyaient pas que les autres ne

mann. Au fond, la caractéristique majeure constitutive de sa banalité, c'est son « manque de personnalité » vraie. En d'autres termes, Eichmann est un normopathe, et c'est cette normopathie que Hannah Arendt désigne par l'expression « banalité du mal ».

Mais selon notre analyse par référence à la psychologie clinique, les cas de normopathie, où l'on retrouve régulièrement cette configuration de la banalité du mal, sont, somme toute, *peu fréquents*, même s'ils ne sont pas exceptionnels. Or Hannah Arendt semble avoir été profondément affectée par la découverte de la normopathie, au point d'y revenir beaucoup plus longuement et systématiquement dans son dernier ouvrage, inachevé, *La Vie de l'esprit* (1978), dans lequel elle examine en quoi consiste la faculté de penser.

> Concrètement c'est pour deux raisons assez différentes que je m'intéresse aux activités de l'esprit.

---

réagissaient pas tous comme eux ; comme s'ils ne percevaient même pas que d'autres souffrent ; comme s'ils ne comprenaient pas pourquoi d'autres ne parviennent pas à s'adapter à une société dont les règles, pourtant, leur semblent relever du bon sens, de l'évidence, de la logique naturelle. Réussissant bien dans la société et le travail, les normopathes se coulent bien dans le conformisme, comme dans un uniforme, et manquent de ce fait d'originalité, de « personnalité ».

Cette description est évidemment succincte et s'en tient au strict niveau des apparences extérieures et des symptômes, ou plus précisément de l'absence (ou de la rareté) de symptômes psychiques, par comparaison avec la plupart des autres personnalités, qu'elles soient pathologiques ou « normales » (mais non normopathiques).

L'analyse métapsychologique de ces cas, qui sont bien connus, notamment par les spécialistes de psychosomatique, ne peut être restituée ici. On en trouvera une étude détaillée à propos des névroses dites « de caractère » et « de comportement » (Marty, 1976 ; Marty et M'Uzan, 1963).

Tout a commencé quand j'ai assisté au procès Eichmann à Jérusalem. Dans mon rapport, je parle de la « banalité du mal ». Cette expression ne recouvre ni thèse, ni doctrine, bien que j'aie confusément senti qu'elle prenait à rebours la pensée traditionnelle – littéraire, théologique, philosophique – sur le phénomène du mal. [...] Ce qui me frappait chez le coupable, c'était un manque de profondeur évident, et tel qu'on ne pouvait faire remonter le mal incontestable qui organisait ses actes jusqu'au niveau plus profond des racines ou des motifs. Les actes étaient monstrueux, mais le responsable – tout au moins le responsable hautement efficace qu'on jugeait alors – était tout à fait ordinaire, comme tout le monde, ni démoniaque, ni monstrueux. Il n'y avait en lui traces ni de convictions idéologiques solides, ni de motivations spécifiquement malignes, et la seule caractéristique notable qu'on décelait dans sa conduite, passée ou bien manifeste au cours du procès et au long des interrogatoires qui l'avaient précédé, était de nature entièrement négative : ce n'était pas de la stupidité, mais un manque de pensée. [...]. Clichés, phrases toutes faites, codes d'expressions standardisées et conventionnelles ont pour fonction reconnue, socialement, de protéger de la réalité, c'est-à-dire des sollicitations que faits et événements imposent à l'attention de par leur existence même. [...]. C'est cette absence de pensée – tellement courante dans la vie de tous les jours où l'on a à peine le temps et pas davantage l'envie de s'arrêter pour réfléchir – qui éveilla mon intérêt. Le mal (par omission aussi bien que par action) est-il possible quand manquent non seulement les « motifs répréhensibles » (selon la terminologie légale) mais encore les motifs tout court, le moindre mouvement d'intérêt ou de volonté ? Le mal en nous est-il, de quelque façon qu'on le définisse, « ce parti

> de s'affirmer mauvais » et non la condition nécessaire à l'accomplissement du mal ? Le problème du bien et du mal, la faculté de distinguer ce qui est bien de ce qui est mal, serait-il en rapport avec notre faculté de penser ? (Arendt, 1978).

Hannah Arendt ne pense pas en psychologue ni en épidémiologue. Elle ne se préoccupe pas de savoir si cette défaillance de la pensée, ce défaut d'imagination sont rares ou fréquents, s'ils sont le fait de certaines personnalités seulement, ou d'une virtualité présente chez tout un chacun. Il suffit que cette configuration existe pour qu'il faille procéder à son analyse philosophique, tant elle constitue à la fois un scandale théorique et un défi à la compréhension. Toutefois, si ce mode de fonctionnement de la pensée, ou plutôt de fonctionnement de la non-pensée, était vraiment exceptionnel, je doute qu'Arendt se fût engagée dans un travail philosophique d'une telle envergure sur la faculté de penser, la volonté et le jugement. Elle dit d'ailleurs : « C'est cette absence de pensée – tellement courante dans la vie de tous les jours où l'on a à peine le temps et pas davantage l'envie de s'arrêter pour réfléchir – qui éveilla mon intérêt » (*ibid.*, p. 19).

Or cette perspective ouverte par Hannah Arendt trouve *a posteriori* un écho puissant dans la question qui est à l'origine du présent essai, à savoir : d'un côté l'indifférence et la tolérance croissante, dans la société néolibérale, au malheur et à la souffrance d'une partie de notre population ; de l'autre côté, la reprise par la grande majorité de nos concitoyens des stéréotypes sur la guerre économique et la guerre des entreprises, incitant à attribuer le mal à la « causalité du destin » ; enfin, l'absence d'indignation et de réaction collective face à l'injustice d'une société dont la richesse ne cesse de s'accroître cependant que la paupérisation gagne simultanément une part croissante de la population.

En d'autres termes, on retrouve ici, au niveau des membres d'une société tout entière, les trois caractéristiques de la normopathie : indifférence à l'égard du monde distal et collaboration au « mal par omission aussi bien que par action » ; suspension de la faculté de *penser* et remplacement par le recours aux stéréotypes économicistes dominants proposés de l'extérieur ; abolition de la faculté de *juger* et de la *volonté* d'agir collectivement contre l'injustice.

Et pourtant, assurément, toute la population qui consent au mal et à l'injustice, voire y collabore, *ne peut être tenue pour une population de « normopathes »*. Ce qu'Eichmann représente typiquement au plan du fonctionnement psychique et de l'organisation singulière de la personnalité reste une exception psychologique mais peut se retrouver beaucoup plus largement comme *« comportement »* ou comme *« position »* (voir note page 96), par-delà les spécificités des tempéraments, des caractères et des personnalités variées qui ne lui opposent qu'une résistance limitée. Comment cela est-il possible du point de vue psychologique ?

4 – L'analyse des conduites d'Eichmann du point de vue de la psychodynamique du travail

La réponse, me semble-t-il, ne peut pas être donnée à partir de la référence à la seule psychologie clinique classique. C'est en s'appuyant sur ce que la psychodynamique du travail nous apprend des stratégies défensives contre la souffrance, que l'on peut comprendre ce processus surprenant. Le *comportement* normopathique peut être le fait d'une stratégie défensive et non de l'organisation structurale de la personnalité. Il peut être convoqué au titre de « stratégie individuelle de défense », non pas pour lutter contre l'angoisse *endogène*, venue des conflits intrapsychiques, mais pour s'adapter à la souffrance qu'implique la peur, en réponse à un risque venu de *l'extérieur*, celui de la précarisation, c'est-à-dire précisément le risque d'être emporté socialement par le processus d'exclusion que l'on ne peut pas maîtriser. La peur est ici centrale et décisive. Peur de perdre sa place, peur de perdre son statut. Une situation similaire a autrefois été décrite en psychopathologie du travail, à propos d'une industrie française où l'on menaçait couramment de violences physiques les familles et les enfants des salariés qui cherchaient à s'opposer à la discipline de l'usine, par exemple en s'inscrivant à un syndicat autre que le syndicat maison. Bien entendu, non seulement les salariés menacés, mais les autres, ceux qui ne l'étaient pas directement, vivaient dans la peur. Il avait été possible de montrer que nombre de salariés avaient recours à une stratégie individuelle de défense décrite sous le nom de « clivage forcé » (Dejours et Doppler, 1985).

Il existe, bien entendu, des différences entre la « personnalité » normopathique, que l'on peut reconstituer à partir de l'approche par la psychologie classique du cas Eichmann, et le « comportement » défensif normopathique, tel qu'on peut le décrire à partir de la psychodynamique du travail. Dans le premier cas, c'est toute la personnalité qui fonctionne sur le mode normopathique, aussi bien vis-à-vis de la peur des risques venus de l'extérieur que vis-à-vis de l'angoisse provenant des conflits intrapsychiques. L'ensemble de la personnalité est alors « banal ». Dans le second cas, au contraire, le comportement normopathique ne fonctionne que vis-à-vis de la peur des risques de précarisation venus de l'extérieur. Cette défense est localisée, limitée et parfaitement compatible avec un deuxième fonctionnement à l'intérieur de la même personne (clivage du moi). Pour reprendre les termes arendtiens, la « faculté de penser » n'est suspendue que dans un secteur précis du rapport au monde et à autrui : le secteur psychique directement en relation avec le malheur d'autrui. En revanche, la faculté de penser continue de s'exercer convenablement sur tout le reste de la vie (par exemple sur la vie privée, l'éducation des enfants, les investissements artistiques et culturels). Il s'agit donc en quelque sorte d'une absence de capacité de penser « en secteur » ou d'une « stupidité en secteur », compatible avec l'exercice d'une authentique intelligence dans le reste du fonctionnement psychique, dans le « hors secteur ». Comme l'a parfaitement repéré Hannah Arendt : « Il [Kant] affirme quelque part que "la stupidité est causée par un cœur mauvais". Ce n'est pas vrai : absence de pensée ne veut pas dire stupidité ; elle se manifeste chez des gens très intelligents et elle ne provient pas d'un cœur mauvais ; c'est sans doute l'inverse qui est vrai, la méchanceté peut être causée par l'absence de pensée» (*ibid.*, p. 29).

Cette stratégie défensive du «comportement normopathique en secteur» est compatible avec un autre fonctionnement psychique de la pensée, régnant sur le reste du rapport du sujet à autrui, grâce au *clivage de la personnalité* dont j'ai par ailleurs esquissé une formalisation et une théorie générale, sous l'appellation de «topique du clivage» ou de «troisième topique» (Dejours, 1986).

Ainsi, la «banalité du mal», au sens où l'entend initialement Hannah Arendt à propos du «manque de personnalité» d'Eichmann, passe-t-elle du statut d'exception – celui des «personnalités normopathiques» – au statut de généralité ordinaire, au sens où l'entend ultérieurement Arendt, avec les comportements normopathiques défensifs «en secteur». La banalité renvoie bien alors à la fréquence possible de ces postures mentales parmi les membres d'une communauté. Mais entre les deux statuts de cette banalité, il faut intercaler un processus spécifique, sans lequel la banalité du mal reste une rareté. Ce processus est celui de la *« banalisation »*.

La banalisation du mal n'est pas initiée par des motions psychologiques. Elle est initiée par la manipulation politique de *la menace* de précarisation et d'exclusion sociale. Les motions psychologiques défensives sont secondaires et sont mobilisées par des sujets qui s'efforcent de lutter contre leur propre souffrance : la peur qu'ils éprouvent, sous l'effet de cette menace.

C'est pourquoi je parle ici de conscience morale rétrécie. Mais quel rapport cela peut-il avoir avec le travail ? Ceci : que la division sociale du travail favorise incontestablement ce rétrécissement concentrique de la conscience, de la responsabilité et de l'implication morale. On ne *maîtrise* pas ce que les autres font, et l'on en *dépend*. On *ignore* même souvent ce qui se passe au-delà du monde proximal. On peut même être *trompé* sur ce qui s'y passe puisque, pour en savoir quelque chose, on est tributaire de la communication et de l'information par les tiers. Cet état de choses est vécu par beaucoup de travailleurs comme une cause légitime de méfiance ou de défiance, ou au moins comme une source d'inquiétude, parfois d'angoisse, d'être « manipulé ».

Pour d'autres travailleurs, au contraire, cet état de choses est utilisé comme un alibi, un abri, une défense contre l'angoisse de la conscience élargie, celle selon laquelle *« homo sum, humani nihil a me alienum puto*[2] *»* (Térence, *Heautontimoroumenos*, I, 1, 25). La division des tâches sert ici de moyen à la division subjective, au clivage du monde, au clivage du self, au rétrécissement de la conscience intersubjective en secteur, et finalement à l'ignorance conférant « l'innocence » et la sérénité.

5 – La stratégie défensive individuelle des « œillères volontaires »

Cette stratégie de défense – la clinique l'atteste – est fréquemment et facilement utilisée. Elle consiste en substance à se mettre des « œillères volontaires » ou à garder « le nez sur le guidon », dirait-on aujourd'hui, c'est-à-dire à acheter l'innocence à bas prix. Ce déni de réalité est dissimulé sous le masque de l'ignorance qu'impliquerait

2. « Homme je suis, rien de ce qui est humain ne m'est étranger. »

l'application, la concentration et le zèle à la tâche. Il s'agit ici d'un comportement qui ressortit à une « stratégie *individuelle* de défense », qu'il faut radicalement distinguer des « stratégies collectives de défense », telles celles du bâtiment et des travaux publics ou du cynisme viril chez les cadres, que nous avons décrites précédemment.

Vient alors la question clinique suivante : à supposer que le recours à la stratégie individuelle des « œillères volontaires » (normopathie en secteur, par clivage) soit d'un accès aisé, pourquoi certains s'inscrivent-ils plutôt dans l'une (la stratégie individuelle des « œillères volontaires ») que dans l'autre (la stratégie collective du « cynisme viril ») ?

À mon avis, le « choix » se fait en fonction de la distance entre le sujet et le théâtre où s'exercent directement la violence, l'injustice et le mal contre autrui. Nous avons vu à propos des cadres qui sont mobilisés pour exécuter des « plans sociaux » et pour exercer méthodiquement la menace au licenciement à des fins d'intimidation qu'ils participent à la stratégie collective de défense ou à l'idéologie défensive du cynisme viril. Il me semble que, au contact des victimes, la peur d'être soi-même dans la charrette et la souffrance morale d'avoir à commettre des actes que l'on réprouve atteignent une telle intensité qu'il n'y a guère moyen d'échapper à cet appel de la défense collective pour consentir à collaborer. Cela est évident en ce qui concerne les conduites banalisées du mal dans le management néolibéral. Mais c'est, me semble-t-il, par référence à la même analyse que l'on peut comprendre comment des Juifs ont été capables de collaborer avec les nazis et les SS, dans les *Judenräte* installés dans les ghettos, ou dans les fonctions de kapo des camps de concentration. À ce titre, le livre de Carel

Perechodnik (1993) est un témoignage bouleversant et écrasant. Encore une fois, soulignons-le, le rapport au travail y joue un rôle central. On peut rapprocher de cela la remarque de Sofsky selon laquelle il était possible d'obtenir des Juifs eux-mêmes un comportement calqué sur celui des SS dans les camps de concentration, sans avoir besoin pour cela de les convaincre du bien-fondé ou de la légitimité de la solution finale (Sofsky, 1993). La stratégie collective de défense rend l'adhésion par conviction inutile. La conviction est secondaire à l'expérience du travail et non le *primum movens* de la collaboration efficace.

Pour ceux, donc, qui sont sur le théâtre des opérations du mal, le recours au rétrécissement de la conscience intersubjective est impossible. La défense par les œillères volontaires, ou normopathie en secteur, n'est pas utilisable, parce que les victimes du mal font trop directement irruption dans le champ de conscience et dans le monde proximal, ce qui empêche le déni individuel d'opérer convenablement (il en est de même pour les « petits chefs » dans de nombreuses situations de travail, par exemple les contremaîtres des entreprises de nettoyage [Messing *et al.*, 1993]).

Il en va différemment pour ceux qui ne sont pas directement impliqués sur le « théâtre des opérations », pour ceux qui ne sont ni contremaîtres, ni cadres opérationnels. Ils savent, bien entendu, ce qui se passe mais ils ne le savent que par la médiation de la parole d'autrui et non par le spectacle direct. Nous retrouvons ici le thème de « l'apparence » – traité dans le premier chapitre de *La Vie de l'esprit* (1978) par Hannah Arendt – et de ses rapports avec la perception. Ici le recours à la stratégie des œillères volontaires est possible. Les victimes sont plus éloignées et peuvent être reléguées dans le deuxième monde, dans le monde distal, par le truchement du clivage du moi. C'est donc un recours possible pour tous ceux qui ne sont pas directement sur le théâtre des opérations, à commencer par ceux qui, dans l'entreprise même où se pratiquent l'injustice et le management à la menace, se trouvent « dans les bureaux », dans l'administration ou dans des secteurs d'activités (de production ou de services) qui ne sont pas toujours touchés (ou seulement peu affectés) par le management à la menace. Tous les secteurs, en effet, à l'intérieur de certaines entreprises, ne sont pas toujours touchés simultanément de la même manière. Notamment dans les grandes entreprises, parce que, pendant une période donnée, c'est telle usine qui subit la réforme de structure ou de management, pendant que les autres sont momentanément épargnées par les dégraissages d'effectifs et l'intensification de la charge de travail, ou parce que c'est le secteur de la production qui est touché cependant que le siège social est encore épargné, etc. Le recours à la stratégie défensive du rétrécissement de la conscience subjective est, *a fortiori*, utilisable par ceux qui sont titulaires de leur poste et bénéficient d'un emploi stable : par exemple, chez les fonctionnaires qui ne font directement l'expérience de l'injustice sociale qu'avec un temps de retard, la situation ne devenant critique que lorsqu'il y a privatisation, ou préparation de la privatisation, et qu'est alors remis en cause leur statut, comme on le voit à France Télécom ou à EDF-GDF.

Enfin, le recours à la stratégie défensive individuelle du rétrécissement de la conscience intersubjective (« œillères volontaires ») est utilisable par tous ceux qui ne savent l'injustice que par le truchement des médias ou de la parole d'autrui : ceux qui ne travaillent pas, les retraités qui n'ont pas connu les conditions de travail actuelles, les jeunes qui n'ont pas encore été confrontés au travail *in situ*, les femmes au foyer, etc.

Ainsi est-on conduit à distinguer deux populations, en fonction de leur proximité avec le théâtre du mal et de l'injustice, d'une part ; en fonction des stratégies défensives utilisées contre la peur, d'autre part. Bien que très contrastées, ces deux populations coopèrent au mal : les uns sont des « collaborateurs », les autres sont une population consentante. La coopération ne se fait pas entre deux populations directement, mais entre deux types de stratégies défensives : stratégie collective d'un côté, stratégie individuelle de l'autre, cynisme viril d'un côté, œillères volontaires de l'autre. Ces stratégies défensives ont certes une fonction première d'adaptation et de lutte contre la souffrance, mais elles sont aussi, par leur articulation et leur continuité, le médium essentiel, *sine qua non*, de la banalisation du mal. Cette articulation entre les deux populations par leurs stratégies défensives est socialement et politiquement d'une très grande puissance.

Car, si, dans ces populations, certains sujets refusent de coopérer, refusent de recourir à ces stratégies défensives et protestent, ils se heurtent à la masse de ceux qui se défendent, et leur voix devient inaudible. Dans la situation actuelle, pour les raisons que nous avons envisagées au chapitre Ier, le recours à ces stratégies défensives est massif, le discrédit sur la souffrance étant largement partagé, dans toute la population, depuis des décennies. Entre ces deux populations, distinguées en fonction du choix des stratégies défensives, la limite est-elle infranchissable ? Ou bien peut-on utiliser alternativement, voire simultanément, une stratégie collective et une stratégie individuelle de défense ?

6 – Limites des stratégies défensives et crise psychopathologique

Il semble, cliniquement, que la stratégie collective du cynisme viril soit presque toujours à l'œuvre chez ceux qui sont directement impliqués sur le théâtre des opérations du mal.

Pourtant il n'y a pas de lien de causalité entre souffrance et défense collective, pas d'automatisme ni de mécanique. Il s'agit d'une construction. Cette construction est toujours frappée d'un certain degré de fragilité, de précarité. Notamment quand survient une nouvelle vague de « réformes de structure ». Chaque nouvelle vague déstabilise la stratégie collective de défense qui a été mise en place précédemment et qui était spécifiquement ajustée aux conditions antécédentes. Il ne reste alors que le recours, en dernier ressort et en désespoir de cause, à la stratégie individuelle des œillères. Certains, dans ces situations extrêmement anxiogènes, y parviennent. Mais d'autres échouent. C'est dans ces conjonctures qu'on assiste à des décompensations psychopathologiques. Celles-ci prennent deux formes principales. La première, c'est l'effondrement, le découragement, le désespoir, avec à l'horizon le spectre de la dépression, de l'alcoolisation, voire, comme cela s'observe actuellement de façon sporadique mais non exceptionnelle, le suicide (Huez, 1997). La seconde consiste en un mouvement réactionnel de révolte désespérée, qui peut aller jusqu'à des actes de violence, de casse, de fauche, de vengeance, de sabotage, comme on en a connus à EDF-GDF ces dernières années (Chinon, Paluel, Le Blayet, Tricastin). Ces décompensations, les unes comme les autres, sont mal connues parce qu'elles sont rigoureusement cachées par les directions d'entreprise, et rares sont les « affaires » qui arrivent jusqu'à l'espace public.

On pourra rapprocher de ces conjonctures conduisant à la mutation des postures défensives (passant de la stratégie collective de défense du cynisme viril au repli sur la défense individuelle des œillères ou du rétrécissement de la conscience intersubjective) ce qu'on a pu observer lors de la déstabilisation des stratégies collectives de défense chez les nazis, lorsque le système entra en crise, et lorsque ces stratégies furent défaites. Ce fut le cas dans le procès de Nuremberg. Ceux qui, jusqu'à la défaite, bénéficiaient de la stratégie collective de défense du cynisme viril n'avaient plus pour argumenter leurs exactions que le recours à la stratégie individuelle des œillères : « Je ne savais pas. » « Je ne suis pas responsable, j'exécutais, au mieux, les ordres. »

7 – Banalisation du mal : l'articulation des étages du dispositif

Après la question de l'orientation du choix en faveur de telle ou telle stratégie défensive, vient la dernière question qu'il nous faut encore examiner : comment la plupart des sujets dotés d'un sens moral parviennent-ils à faire tenir le clivage de leur personnalité ? Clivage en vertu duquel ils conservent un sens moral dans le secteur qui n'entre pas en relation avec la perception de la souffrance infligée à autrui (espace privé), cependant qu'ils suspendent totalement leur sens moral dans le secteur qui les sollicite directement au spectacle de la souffrance ou à la collaboration à l'injustice (espace social de travail) ?

Même si le clivage est une banalité psychologique, pour autant que nous nous référions à la « topique du clivage » dont il a été question plus haut, il reste que l'alignement de toute une diversité de personnalités sur ce mode de fonctionnement de la normopathie en secteur pose un problème psychopathologique de taille. En effet, le clivage, pour banal qu'il soit, revêt chez chaque sujet une forme spécifique, fonction de son histoire singulière. Même si deux névrosés ont, en fait, par-delà leur névrose, un secteur clivé, ce secteur n'est pas le même chez ces deux personnes. Comment la généralisation et l'unification des clivages par la société sont-elles possibles ? Comment peut-on parvenir à une normopathie défensive en secteur, monolithique, coordonnée, de masse ?

Pour répondre à cette question, il faut tenir compte du fait que le secteur clivé (celui où le sens moral est suspendu) se caractérise par la suspension de la faculté de penser. On sait que le secteur à exclure de la pensée est le même pour tous : c'est celui de la peur du malheur socialement générée par la manipulation néolibérale de la concurrence face à l'emploi, que nous avons désignée par le terme « précarisation ». Précarisation qui ne concerne pas que l'emploi mais, au-delà, toute la condition sociale et existentielle. Dans cette configuration psychologique très particulière, la zone du monde qui est déniée par le sujet, et où la faculté de penser est suspendue, est, par compensation, occupée par le recours aux stéréotypes. À la place de la pensée personnelle, le sujet reprend un ensemble de formules toutes faites, qui lui sont données de l'extérieur, par l'opinion dominante, par les propos de « café du commerce ». Dans cette zone, il y a suspension de la faculté de juger. La cause est entendue. L'unification des stéréotypes, des formules toutes faites, des lieux communs utilisés, par-delà les différences sociales et politiques, n'est compréhensible que si l'on se rappelle comment fonctionne la stratégie de la distorsion communicationnelle (qui joue un rôle majeur dans la fabrication des stéréotypes) dont nous avons proposé l'analyse au chapitre IV. C'est en particulier dans la généralisation de la tolérance au mal à travers toute la société que l'on peut mesurer la puissance d'impact politique des distorsions infligées à la description de la réalité des situations de travail, lorsqu'elles sont diffusées par les différents médias de « communication ».

Si le mensonge n'était organisé de façon rigoureuse et cohérente (à la très grande échelle qu'on lui connaît aujourd'hui, à partir de la communication d'entreprise), il n'y aurait aucune possibilité d'unifier les stratégies individuelles de défense, qui demeurent fondamentalement singulières, même après qu'elles ont subi le processus de banalisation. Le clivage, pour tenir, a besoin d'un discours tout fait, appris, repris, *trouvé* par chaque sujet, individuellement certes mais dans un discours fabriqué et produit à l'extérieur, proposé enfin de l'extérieur au sujet. Pour que le discours trouvé par chacun soit le même pour tous, il est nécessaire que ce discours ait acquis un statut fort de discours ou d'opinion *dominants*. C'est ce qu'effectue la stratégie de la distorsion communicationnelle dont le rôle est déterminant, soulignons-le une fois de plus, dans la banalisation du mal. La rationalisation économiciste est un dispositif sans lequel la peur des braves gens face à la menace du malheur socialement généré (la précarisation) ne pourrait alimenter des stratégies défensives aboutissant à la banalisation du mal.

Ainsi est-on conduit, du point de vue de la clinique, à la conclusion que la banalité du mal repose en fin de compte sur un dispositif à trois étages. Lorsqu'ils sont correctement emboîtés, ils ont un pouvoir efficace de neutralisation de la mobilisation collective contre l'injustice et le mal infligés à autrui, dans notre société.

Le premier étage est constitué par les leaders de la doctrine néolibérale et de l'organisation concrète du travail du mal sur le théâtre des opérations. Le profil psychologique le plus typique est représenté par une organisation de la personnalité de type pervers ou paranoïaque. Beaucoup d'études psychologiques leur ont été consacrées. Leur engagement n'est pas défensif, il est porté par une volonté qui se situe dans le prolongement direct de leurs motions inconscientes.

Le deuxième étage est constitué par les collaborateurs directs, à proximité ou sur le terrain même des opérations. Les structures mentales sont ici très diverses. Leur unification, leur coordination et leur participation active sont obtenues par le truchement de stratégies collectives et d'idéologies de défense. C'est la *défense* ici qui est le ressort de l'engagement, et non le *désir* (stratégie collective de défense du cynisme viril).

Enfin, le troisième étage est constitué par la masse de ceux qui recourent à des stratégies de défense individuelles contre la peur. L'unification de ces stratégies, qui aboutit au consentement de masse à l'injustice, est assurée par l'utilisation commune des contenus stéréotypés de rationalisation qui sont mis à leur disposition par la stratégie de la distorsion communicationnelle.

Cela étant, on ne peut pas comprendre le processus de banalisation du mal uniquement à partir de l'analyse des conduites de ceux qui donnent, *nolens volens*, leur adhésion au système. Il faut aussi considérer l'impact de ceux qui n'adhèrent pas au système sur le processus lui-même. On peut distinguer ici deux catégories : ceux qui ignorent, authentiquement, la réalité à laquelle, pour une raison spécifique, ils n'ont aucun accès. Ceux-ci consentent mais sans le savoir. Ce sont des innocents, leur responsabilité n'est pas engagée, mais, de fait, leur conduite est en définitive la même que celle qu'utilise intentionnellement la stratégie défensive de la normopathie en secteur, qui n'est nullement de l'ignorance mais un arrangement avec le mensonge. La deuxième catégorie est représentée par les opposants, les résistants au système. On sait comment, dans les systèmes totalitaires, est traité le cas des opposants : exil, exécution, ou camp de concentration. Mais ce n'est assurément pas le cas dans la société néolibérale. L'utilisation de la terreur et de l'assassinat est évidemment ce qui distingue le totalitarisme du système néolibéral[3]. Dans ce dernier, toutes sortes de moyens d'intimidation sont utilisés pour obtenir la peur, mais pas par la violence contre le corps. Il

3. « La pression qu'un État totalitaire moderne peut exercer sur l'individu est effrayante. Ses armes principales sont au nombre de trois : la propagande directe, ou camouflée par l'éducation, par l'enseignement, par la culture populaire ; le barrage opposé au pluralisme des informations ; la terreur » (Levi, 1986, p. 29).

semble que les opposants soient, dans le cas du néolibéralisme, essentiellement confrontés à l'inefficacité de leur protestation et de leur action. Non pas tant parce qu'ils sont minoritaires, mais en raison de la cohérence qui soude le reste de la population à la banalisation du mal. L'action directe de dénonciation est impuissante, parce qu'elle se heurte à l'impossibilité de mobiliser la partie de la population qui adhère au système. Leurs actions et leurs manifestations peuvent être efficientes, mais elles restent d'une faible portée tant qu'elles ne s'articulent pas à un projet politique alternatif structuré et crédible.

Doit-on alors conclure que, lorsque le processus de banalisation du mal est engagé, il n'y aurait aucune alternative possible ? Non point, comme on le verra plus loin ! Mais l'action, semble-t-il, doit changer radicalement d'objectif. À l'objectif de la lutte contre l'injustice et le mal, il faudrait substituer une lutte intermédiaire, qui n'est pas directement dirigée contre le mal et l'injustice, mais contre le processus même de la banalisation. Ce qui suppose, au préalable, une analyse précise de ce processus de banalisation.

En fin de compte, la partie la moins mystérieuse du dispositif de banalisation du mal est représentée par le premier étage, celui qui est occupé par des personnes adoptant des positions de psychopathes pervers et de paranoïaques formant le bataillon des leaders du travail du mal. L'énigme fondamentale, c'est la banalisation grâce à laquelle on peut former des troupes de collaborateurs et de personnes consentants, à partir d'une population de braves gens qui disposent, indubitablement, d'un sens moral. Le regard clinique que permet la psychodynamique du travail suggère qu'au centre du processus de banalisation du mal se trouve la souffrance, et que ce sont les stratégies défensives contre la souffrance qui, dans certaines conditions, caractérisées par la manipulation de la menace, peuvent être utilisées contre la rationalité morale-pratique, au point de la ruiner. Au fondement donc du triomphe de la rationalité instrumentale du mal, il semble y avoir un conflit qui tourne mal entre rationalité morale-pratique et rationalité subjective. L'intelligibilité et la rationalité des conduites subjectives conduisant à la banalisation du mal sont accessibles à partir de l'analyse de la souffrance – spécifiquement de la *peur* – qui engendre des processus défensifs redoutables.

Cette analyse conduit à accorder une place essentielle, dans le fonctionnement de la société néolibérale, aux processus générés par la peur. La psychodynamique du travail analyse d'une façon particulière les réponses humaines et sociales à la peur. Mais existe-t-il d'autres voies pour lutter contre la peur, qui aient des incidences moins redoutables sur l'organisation de la cité ?

IX

Requalifier la souffrance

1 – La virilité contre le courage

À la peur, la philosophie morale oppose la raison, au nom de laquelle le sujet vertueux doit vaincre sa peur, y compris la peur de mourir des conséquences de la violence. Cette vertu, c'est le *courage*.

Comment peut-on acquérir le courage et la force de neutraliser sa propre peur pour être en mesure d'aller au combat, à la guerre, à la mort ? Par l'apprentissage de la douleur physique, dont l'éducation spartiate est en quelque sorte le modèle. C'est en apprenant à endurer la souffrance du corps qu'on pourrait espérer acquérir le courage de l'âme. Le comportement de l'âme serait ainsi piloté par le comportement du corps, ce qui suppose une certaine conception des rapports entre le corps et l'âme, que je laisserai ici de côté, car elle est un peu marginale par rapport à mon propos.

Il me semble, au vu de la clinique et de la théorie en psychodynamique du travail, que cette conception de l'apprentissage du courage doit être remise en cause. L'usage *raisonné*, voire rationnel, de la violence contre son propre corps, pour forger le courage et vaincre la peur, a en effet, à son tour, une série d'incidences, auxquelles on n'accorde pas suffisamment d'attention. D'abord l'endurance à la douleur et à la souffrance – fût-elle réglée – a pour conséquence une familiarisation avec la violence, qui pose à son tour un problème éthique spécifique. Car, pour acquérir l'endurance à la souffrance, il faut bien un partenariat avec un agent infligeant la souffrance, la violence et l'épreuve de la peur. L'apprentissage du courage passerait donc par l'apprentissage de la *soumission* volontaire et la complicité avec ceux qui exercent la violence, fût-ce à titre « didactique » !

La deuxième conséquence, c'est le risque de *justifier* la violence, puisque, dans certaines conditions, elle serait censée pouvoir être mise au service de la vertu.

La troisième conséquence, après la familiarisation, l'apprentissage de la soumission et la justification paradoxale de la violence, c'est le risque de déboucher sur une forme redoutable de parachèvement de l'apprentissage du courage, à savoir : celui d'être capable, à son tour, d'infliger la violence à autrui :

– soit pour des raisons pédagogiques (il est justifié d'infliger la souffrance à quelqu'un pour lui apprendre l'endurance et le courage),

– soit pour des raisons relevant de la cohérence interne des processus psychologiques, à savoir que l'homme courageux, devenu capable de neutraliser la peur que la menace de violence déclenche en lui, doit aussi pouvoir être capable d'assister au spectacle de la souffrance, dans sa totalité et sa crudité, sans vacillement, sans réaction émotionnelle ni affective. Il n'est totalement courageux que s'il est capable non seulement de neutraliser la peur en lui, mais de rester de marbre devant la peur d'autrui, c'est-à-dire d'être capable de vaincre en lui les sentiments de pitié, de compassion, d'horreur, de dégoût, de nausée, que provoque le spectacle de la souffrance qu'il doit, au titre de combattant, savoir infliger à l'ennemi. Et, finalement, est totalement courageux l'homme qui peut faire la *preuve* de sa capacité à extirper de lui toute compassion à la douleur de l'autre. Cette preuve irréfutable, inévitablement, c'est la capacité d'aller jusqu'au bout de l'acte violent contre un autrui menaçant, sans défaillir, malgré le sang, les cris, la douleur, la souffrance de la victime. Est courageux l'homme qui est capable, *lorsque les circonstances l'exigent*, de se conduire en bourreau.

Le courage, c'est, dans sa forme première, la capacité d'aller à la guerre pour affronter la mort *et* l'infliger à autrui. « L'*andreia*, mot grec post-homérique le plus courant pour signifier le courage, est la qualité de l'*anèr*, du mâle, au sens du guerrier. Ainsi dans l'*Iliade*, on trouve fréquemment l'exhortation : "Soyez des hommes *(aneres este)*, ne laissez pas mollir votre valeur ardente" » (Smoes, 1992). Mais cette vertu de l'âme est-elle humanisante ? Ce n'est pas certain : elle forme des hommes virils, mais peut-être pas des humains, elle n'est pas sans ambiguïté vis-à-vis de l'humanitude. Celui qui ne serait pas capable de vaincre sa peur et d'aller au combat ne serait pas un homme courageux. N'est-il pas un homme pour autant ? On n'exige pas, en général, cet apprentissage des femmes[1]. Et l'homme qui ne parvient pas à neutraliser sa peur est renvoyé, invariablement, à la gent des

1. Sauf de celles qui sont appelées à occuper des positions professionnelles accaparées par les hommes. Et dans ces cas surgissent fréquemment des difficultés psychologiques et affectives dans la sphère privée et dans l'économie érotique (Hirata et Kergoat, 1988 ; Dejours, 1996).

femmes, ce qui est infamant au regard de son identité sexuelle et de sa virilité.

Mais, être du côté des femmes, n'est-ce pas être un humain ? Et si, de ne pouvoir infliger la violence à autrui, c'était précisément la caractéristique de l'homme et de son humanitude ? Alors, le courage s'arrêterait à la capacité de vaincre sa peur par l'apprentissage de l'endurance à la violence, sans dépasser cette limite. Le courage, ce serait de pouvoir éprouver sa souffrance en soi. Ce n'est manifestement pas en ce sens que l'on entend généralement la notion de vertu de courage. Tolérer sa souffrance et ne pas y réagir par la violence passe plutôt pour être du côté de la résignation, de la défaite, de l'abandon, voire de la lâcheté ou de la complaisance à la douleur, et ce n'est assurément pas une conduite virile.

L'analyse de toutes ces situations de travail où la virilité est mise au service des stratégies collectives de défense suggère que, chaque fois, la virilité est sollicitée quand la *peur* est au centre du rapport vécu aux contraintes de travail : peur de l'accident, peur de ne pas être à la hauteur en cas de dysfonctionnement ou de difficulté, peur de l'échec, peur de l'exclusion et de la solitude, peur de la persécution et de la violence, etc.

Cette conjoncture est loin d'être exceptionnelle. Elle est banale pour le soldat et pour l'officier, mais elle l'est aussi pour le policier, l'agent des CRS, le gardien de prison. Ce n'est pas tout, elle l'est parfois pour le médecin, le chirurgien, le réanimateur et elle l'est aussi pour les chefs en général, les dirigeants, les directeurs, les hommes politiques, les chefs d'état-major, etc. Chaque fois que l'un ou l'autre doit infliger la souffrance à autrui, c'est au nom du courage et de la virilité.

Comme le dit avec beaucoup de pertinence Pascale

Molinier, « il n'y a que les hommes, dont on peut exiger qu'ils exercent la violence contre autrui. Et il n'y a que les hommes qui peuvent prendre pour de la lâcheté le refus de commettre des violences quand on le leur demande ou quand "la situation l'exige" » (Molinier, 1995).

On ne retrouve pas cette configuration chez les femmes. Refuser d'exercer la violence, pour une femme, ce n'est jamais dévalorisant aux yeux des autres femmes. Qu'une femme refuse de commettre le mal contre autrui ne peut être tenu pour un vice que par des hommes qui associent ce refus à de la faiblesse, et cette faiblesse à l'infériorité congénitale des femmes… le sexe faible. *La faiblesse du sexe faible, ce n'est pas de ne pouvoir endurer la souffrance, c'est de ne pouvoir l'infliger à autrui.*

Les recherches de Pascale Molinier sur les infirmières suggèrent que le rapport au travail et à la souffrance est, pour elles, radicalement différent de celui des hommes.

De toute évidence, le courage face à un ordre d'exercer la violence ou de donner la mort à autrui, ce n'est pas d'obéir et de vaincre son dégoût ou sa répugnance. Le courage, c'est de désobéir et de risquer, du même coup, de s'exclure de la communauté des forts et des virils, et risquer aussi de partager le sort réservé aux victimes. Si l'on est en droit de poser le problème de ce que serait, socialement et politiquement, le courage débarrassé de toute référence à la virilité, on peut aussi se demander si, en dissociant l'exercice de la violence contre autrui de la virilité, la virilité socialement construite aurait encore un sens. Existe-t-il une virilité qui pourrait être définie sans référence aucune à l'exercice de la violence, du viol, du meurtre, et de toutes les formes d'attaques contre le corps de l'autre ? Mais aussi sans nostalgie de ces périodes de la vie où l'on a été obligé de subir soi-même la souffrance et l'injustice. C'est-à-dire sans masochisme ? Et enfin sans justification de la violence exercée contre autrui au prétexte que, soi-même, on a, par le passé, subi la violence et la souffrance, et qu'on y a survécu ? C'est-à-dire sans risque de transmission psychopathologique telle que dans ces familles où certains parents justifient la violence et la menace exercées contre leurs enfants sous le prétexte qu'ils ont eux-mêmes, lorsqu'ils étaient enfants, subi des sévices de la part de leurs parents. En rompant avec l'idée que leur capacité à résister plaiderait pour la valorisation de la violence et leur donnerait le droit, sinon le devoir, d'en infliger autant à leurs enfants, au nom du bien (Miller, 1980 ; Canino, 1996) !

L'autre question qui surgit inévitablement est la suivante : la virilité, détachée de toute référence au travail, serait-elle encore susceptible d'une quelconque justification ?

La théorie en psychodynamique du travail plaide pour une réponse négative. Sans le lien qui unit parfois la violence au travail, la référence à la virilité n'aurait plus aucune utilité. C'est toujours, en fin de compte, au nom d'un *travail* que l'on légitime le « devoir de violence ». D'un travail ou d'une activité de production ou de service. Et la virilité, chaque fois, est alors convoquée pour faire front à la peur, à l'hésitation ou à la désertion. La virilité est convoquée pour neutraliser, autant que faire se peut, les réactions de la conscience morale déclenchées par l'exercice de la violence. La guerre est toujours, en arrière-fond, la situation exemplaire de référence, comme dans le cas de la stratégie collective de défense du cynisme viril que l'on mobilise au nom de la « guerre des entreprises », de la « guerre économique », au nom de la « guerre concurrentielle ».

Ne plus faire appel à la virilité conduit à une tout autre façon de traiter le problème de la douleur et de la souffrance infligées à autrui, dans l'exercice d'une activité de travail : ouvrir un ventre, arracher une dent, faire mal, frapper un agité, licencier un travailleur sans défense, éliminer, torturer, exterminer, etc., dans toutes ces situations, le mal infligé à autrui devrait rester défini, reconnu et identifié comme mal. Il faudrait par exemple admettre que, pour faire correctement de la chirurgie, il faut commettre le mal contre autrui et placer le chirurgien, ou l'étudiant en médecine, devant cette difficulté sans jamais lui faire franchir cet obstacle dans le silence éthique.

La virilité, c'est le mal rattaché à une vertu – le courage – au nom des nécessités inhérentes à l'activité de travail. La virilité, c'est la forme banalisée par laquelle on exprime la justification des moyens par les fins. La virilité est le concept qui permet d'ériger le malheur infligé à autrui en valeur, au nom du travail.

Cela étant, le problème du « travail du mal » se pose très différemment selon qu'il se conjugue au singulier ou au pluriel ; selon qu'il est érigé en système d'administration des affaires de l'entreprise (ou de la cité) ou qu'il surgit de façon exceptionnelle ou accidentelle ; selon qu'il est condamné par la majorité, qui reste en dehors de ce travail, ou qu'il est banalisé par la majorité qui y participe, comme nous l'avons vu plus haut.

Le problème que nous avons examiné n'est pas celui du mal en général, mais celui de la banalité du mal. La banalité du mal, à la lumière de la psychodynamique du travail, ne semble ni spontanée, ni naturelle. Elle est le résultat d'un vaste processus de banalisation, qui ne peut fonctionner sur la seule base de la virilité défensive et qui exige conjointement une stratégie de distorsion communicationnelle. Le mensonge est indispensable à la justification de la mission et du travail du mal. Ce point est capital. Il n'y a pas de *banalisation* de la violence sans la participation large à un travail rigoureux sur le mensonge, sa construction, sa diffusion, sa transmission et surtout sur sa rationalisation.

2 – Dé-banaliser le mal

Or, dans ce dispositif de banalisation du mal, le chaînon le moins solide semble être celui du mensonge communicationnel. La plupart de ceux qui alimentent les médias du mensonge ont une claire perception de ce mensonge. Et sur ce point, au moins, ils ont une intuition du clivage psychique auquel ils sont invités par leur appartenance au noyau organisé de la société.

Il me semble donc que c'est à ce niveau que devrait porter, en priorité, la discussion dans les espaces disponibles, tant dans l'entreprise que dans les syndicats ou dans l'espace public. Le mensonge est un dispositif sans lequel l'exercice du mal et de la violence ne peut pas perdurer. Hannah Arendt (1969) insiste sur les liens entre mensonge et violence. En s'attaquant à la distorsion communicationnelle, on peut raisonnablement escompter un réveil de la curiosité dans la société et surtout un intérêt renouvelé de la communauté scientifique pour le travail, qui tend à devenir un instrument majeur d'apprentissage à l'injustice dans les sociétés néolibérales. Pourtant, nous avons soutenu l'idée que la virilité occupe une place au moins aussi importante que le mensonge, dans la mesure où, sans elle, il n'y a pas de possibilité de faire passer le mal pour le bien. Mais *la virilité est en soi un mensonge, c'est ce qu'il ne faut pas omettre dans l'analyse*. Tout le reste du dispositif de distorsion communicationnelle joue comme potentialisateur du mensonge de la virilité et ne peut se substituer à lui. Le mensonge à lui seul n'aurait pas cet impact politique s'il n'était arrimé aux processus psychologiques mobilisés par le thème de la virilité. Toutefois, il n'est pas certain que l'attaque directe et frontale contre la virilité soit stratégiquement la meilleure conduite à adopter. Il semble moins difficile de reprendre les choses au niveau du mensonge communicationnel proprement dit, parce qu'il est plus facile à distancier et à objectiver que le mensonge « viriarcal » (Welzer-Lang, 1991), profondément enraciné dans notre culture.

Lutter contre le processus de banalisation du mal implique de travailler dans plusieurs directions.

1/ La première consiste à procéder systématiquement et rigoureusement à la déconstruction de la distorsion communicationnelle dans les entreprises et les organisations. En rassemblant des témoignages sur le mensonge organisationnel, comme le font par exemple des organisations de médecins du travail (Paroles, 1994). En produisant des recherches et des enquêtes portant sur ce qui est dissimulé, en sachant toutefois combien ces recherches sont difficiles et dangereuses, comme celle de Günter Wallraff (1985) et l'enquête STED (Doniol-Shaw *et al.*, 1995). Car ceux qui s'y engagent risquent des mesures de rétorsion pouvant aller assez loin. En approfondissant, enfin, l'analyse et la recension des méthodes utilisées au service de la distorsion communicationnelle.

2/ La deuxième consiste à travailler directement sur la déconstruction scientifique de la virilité comme mensonge. La voie a été, là aussi, courageusement et très habilement ouverte par Daniel Welzer-Lang (1991).

3/ Au-delà de la déconstruction du mensonge, peut-on aussi s'aventurer dans ce qu'il faudra bien appeler l'*« éloge de la peur »*, ou au moins dans la réhabilitation de la réflexion sur la peur et sur la souffrance dans le travail ? Non seulement pour lutter contre le cynisme, qui constitue aujourd'hui une des expressions les plus bruyantes de la banalisation du mal, mais aussi de façon à rediscuter la rationalité pathique et son incidence sur la mobilisation et la démobilisation dans l'action politique (Boltanski, 1993 ; Périlleux, 1994 ; Pharo, 1996).

4/ Peut-être conviendrait-il enfin de reprendre la question éthique et philosophique de ce que serait le courage débarrassé de la virilité, en partant de l'analyse du courage au féminin, et de l'analyse des formes spécifiques de construction du courage chez les femmes, qui pourraient bien être caractérisées par l'invention de conduites associant reconnaissance de la perception de la souffrance, prudence, détermination, obstination et pudeur, c'est-à-dire des conduites bien différentes de celle de la virilité, en ce qu'elles ne tentent pas d'opposer de déni à la souffrance ni à la peur, ne proposent pas de recours à la violence, ne procèdent pas à la rationalisation et ne s'inscrivent pas dans la recherche de la gloire.

X

Souffrance, travail, action

Par « banalité du mal », Hannah Arendt entendait l'absence, la suspension ou l'effacement de la faculté de penser qui peuvent accompagner les actes de barbarie ou, plus généralement, l'exercice du mal. Comme si pour faire le bien il fallait le penser et le décider, cependant que, pour faire le mal, il n'était pas indispensable de le vouloir ou d'en avoir la volonté délibérée (Pharo, 1996, chapitre 8, p. 223-240). Le mal apparaît alors, parfois, non pas comme le résultat d'une stratégie complexe ou diabolique ni d'une machination impliquant la mobilisation d'une intelligence hors du commun, comme le suggèrent pourtant les complots, les conjurations, les embuscades, les ruses civiles et militaires, les vengeances longuement méditées, les plans d'action maléfiques ourdis longtemps dans le secret, etc. C'est que dans ces derniers cas, on pense aux organisateurs, aux concepteurs, aux chefs, aux leaders des actions maléfiques. Non ! le mal, la barbarie peuvent être produits en l'absence de contribution de l'intelligence et de la délibération ; simplement, sans effort, paisiblement presque : banalité du mal souvent décelable parmi les « deuxièmes couteaux ». Les agents qui prêtent leur concours à l'*exécution zélée* du mal, de la violence ou de l'injustice, sans en être les concepteurs, sont parfois frappés de la même banalité que le mal auquel ils participent. Ils sont seulement des rouages d'un système mais ils sont satisfaits lorsqu'ils parviennent à être de bons rouages : la banalité de leur personnalité est alors la réplique psychologique de la banalité du mal.

Eichmann est un représentant typique de la banalité du mal et d'une certaine forme de bêtise, en l'occurrence d'une intelligence entièrement mise au service de l'efficacité d'une activité exercée sans usage de la faculté de penser ou du pouvoir de critiquer son sens.

Des personnalités comme celles d'Eichmann ne sont pas exceptionnelles, mais elles ne sont pas fréquentes non plus. On ne peut pas admettre que tous les Allemands ayant apporté leur concours au système nazi aient été des « normopathes » construits psychiquement comme Eichmann. Les deuxièmes couteaux, qui forment la masse des collaborateurs, sont précisément ceux qui font l'objet d'analyse de cet essai. Or la plupart des « braves gens », à la différence d'Eichmann, disposent d'un sens moral, d'une faculté de penser et d'une intelligence qui les conduisent en général à réprouver le mal et la barbarie et parfois à opposer une réticence, une résistance, voire un virulent refus, à l'exercice délibéré et systématique du mal contre autrui. Certains vont même jusqu'à orienter leur action vers la solidarité, l'entraide, la lutte pour la démocratie et la justice, etc.

Comment se peut-il que les braves gens, en majorité, acceptent, en dépit de leur sens moral, de *« collaborer »* au mal ?

Par *banalisation* du mal, nous n'entendons pas seulement l'atténuation de l'indignation face à l'injustice et au mal, mais, au-delà, le processus qui, d'une part, *dédra-*

matise le mal (alors qu'il ne devrait jamais être dédramatisé), et qui, d'autre part, *mobilise* progressivement une quantité croissante de personnes, au service de l'accomplissement du mal, et fait d'elles des « collaborateurs ». Nous avons à comprendre comment et pourquoi les braves gens basculent tantôt dans la collaboration, tantôt dans la résistance au mal.

À cette question, nous avons tenté de donner une réponse qui ne s'appuie pas sur l'analyse du totalitarisme ni du nazisme, mais sur celle du néolibéralisme. Ce dernier génère aussi l'injustice et la souffrance, et nous devons nous préoccuper d'établir clairement les différences entre l'accomplissement du mal en système totalitaire et en système néolibéral, depuis que ce dernier règne sur la totalité de la planète. Nous faisons nôtres, ici, les préoccupations formulées par Primo Levi (1986, p. 40) : « Il apparaît à des signes nombreux qu'est venu le temps d'explorer l'espace qui sépare (pas seulement dans les Lager nazis !) les victimes des persécuteurs [...]. Seule une rhétorique schématique peut soutenir que cet espace est vide : il ne l'est jamais, il est constellé de figures abjectes et pathétiques (elles possèdent parfois les deux qualités en même temps) qu'il est indispensable de connaître si nous voulons connaître l'espèce humaine, si nous voulons savoir défendre nos âmes au cas où une épreuve semblable devrait se présenter à nouveau, ou si nous voulons simplement nous rendre compte de ce qui se passe dans un grand établissement industriel. »

Partant de l'analyse de la souffrance dans les situations ordinaires de travail, la psychodynamique du travail est aujourd'hui conduite à examiner comment, en très grand nombre, les braves gens acceptent d'apporter leur collaboration à un nouveau système de direction des entreprises, qui gagne constamment du terrain, dans les services, l'administration de l'État, les hôpitaux, etc., aussi bien que dans le secteur privé. Nouveau système qui repose sur l'utilisation méthodique de la menace et sur une stratégie efficace de distorsion de la communication. Système qui produit malheur, misère et pauvreté, pour une partie croissante de la population, cependant que le pays ne cesse, dans le même temps, de s'enrichir. Système qui, de ce fait, joue un rôle important dans les formes concrètes que prend le développement de la société néolibérale.

Non seulement il y a peu de mobilisation collective contre l'injustice commise au nom de la rationalité stratégique, mais les braves gens acceptent d'apporter leur concours à des pratiques que, cependant, ils réprouvent et qui consistent principalement à sélectionner des gens pour les condamner à l'exclusion, sociale et politique, et à la misère, d'une part ; à exercer des menaces sur ceux qui continuent de travailler en brandissant leur pouvoir de les sélectionner pour les charrettes de licenciements, et de commettre contre eux des injustices au mépris du droit, d'autre part.

On nous répondra sans doute que ce système n'a rien de nouveau, qu'il a déjà largement fonctionné par le passé, et que c'est plutôt la limitation imposée dans l'entreprise à ces usages iniques qui constitue, historiquement, une exception. C'est exact. Ce que nous avons tenté de mettre au jour – le processus de banalisation du mal par le travail – n'est pas nouveau ni extraordinaire. Ce qui est nouveau, ce n'est pas tant l'iniquité, l'injustice et la souffrance imposées à autrui par le truchement des rapports de domination qui lui sont coextensifs, c'est seulement le fait que ce système puisse passer pour raisonnable et justifié ; qu'il soit donné pour réaliste et rationnel ; qu'il soit accepté, voire approuvé, par une majorité de citoyens ; qu'il soit enfin prôné ouvertement, aujourd'hui, comme un *modèle* à suivre, dont toute entreprise devrait s'inspirer, au nom du bien, du juste et du vrai. Ce qui est nouveau donc, c'est qu'un système qui produit et aggrave constamment souffrance, injustice et inégalités, puisse faire admettre ces dernières pour bonnes et justes. Ce qui est nouveau, c'est la banalisation des conduites injustes qui en constituent la trame.

Aucune différence, semble-t-il, ne peut être mise en évidence entre banalisation du mal dans le système néolibéral (ou dans un « grand établissement industriel » pour reprendre l'expression de Primo Levi) et banalisation du mal dans le système nazi.

L'identité entre les deux dynamiques concerne la *banalisation* et non la *banalité* du mal, c'est-à-dire les étapes d'un enchaînement permettant de faire fléchir la conscience morale face à la souffrance infligée à autrui, et de créer un état de tolérance au mal.

L'élucidation de cet enchaînement ne relève pas de l'analyse morale et politique mais de l'analyse psychologique. S'il y a une différence entre système néolibéral et système nazi, cette différence ne porte pas sur le processus psychologique de banalisation du mal chez les collaborateurs. Elle prend place en amont du processus. Elle se situe entre les objectifs auxquels la banalisation est vouée, ou entre les utopies au service desquelles elle est placée. Dans le cas du néolibéralisme, l'objectif visé est en dernière instance le profit et la puissance économique. Dans le cas du totalitarisme, l'objectif, c'est l'ordre et la domination du monde. Dans la rationalisation néolibérale de la violence, la force et le pouvoir sont des instruments de l'économique. Dans l'argumentation totalitaire, l'économique est un instrument de la force et du pouvoir. La différence redouble aussi en aval sur les moyens mis en œuvre : intimidation dans le système néolibéral, terreur dans le système nazi.

Revenons à l'analyse du *processus* de banalisation. Il semble que ce soit le même dans le néolibéralisme et dans le nazisme. Et il est rigoureusement aussi mauvais et condamnable dans un cas que dans l'autre. Avant de revenir sur les caractéristiques psychologiques du processus, il faut souligner que, si la dynamique psychologique de banalisation est possible, ce n'est pas par le fait de son génie propre, mais parce qu'elle est portée, engrenée et mobilisée par le *travail*. Il ne s'agit donc pas d'un processus relevant de la psychologie générale, mais spécifiquement d'un processus dont l'analyse ressortit à la *psychopathologie du travail*.

N'en déplaise à ceux qui pensent que, après la fin de l'histoire, il faudrait reconnaître que la « postmodernité » annoncerait la fin du travail, le capitalisme néolibéral demeure fondamentalement centré sur la domination du travail et l'appropriation des richesses qu'il produit. Quand bien même, dans le système nazi, l'objectif eût été l'ordre social et la domination du monde, il n'empêche que son existence même repose sur sa capacité à *mettre au travail* des millions d'êtres humains, et à obtenir d'eux la coordination et la coopération des intelligences et des subjectivités singulières. Jusques et y compris dans l'énorme machinerie de destruction que constituent l'armée, la police, l'administration et la gestion des camps de concentration et d'extermination, comme le suggère Raul Hilberg (1985)[1]. Or il se trouve que les rapports de travail sont d'abord des rapports sociaux d'inégalité qui confrontent tout un chacun à la domination et à l'expérience de l'injustice. À ce point que le travail peut devenir un véritable laboratoire d'expérimentation et d'apprentissage de l'injustice et de l'iniquité, tant pour ceux qui en sont victimes, que pour ceux qui en sont les bénéficiaires, que pour ceux, enfin, qui en sont alternativement bénéficiaires et victimes.

Est-ce à dire que le travail soit essentiellement et avant tout une machine à produire le mal et l'injustice ? Non, pas du tout ! Le travail peut aussi être le médiateur irremplaçable de la réappropriation et de l'accomplissement de soi. Le fait est que le travail est une source inépuisable de paradoxes. Incontestablement, il est à l'origine de processus redoutables d'aliénation, mais il peut aussi être un puissant moyen mis au service de l'émancipation ainsi que de l'apprentissage et de l'expérimentation de la solidarité et de la démocratie.

L'élément décisif qui fait verser le rapport au travail au profit du bien ou du mal, dans le registre moral et politique, est la *peur*. Non pas la peur en général, mais la peur lorsqu'elle s'insinue et s'installe dans le rapport au travail lui-même. Soit lorsque le rapport à la tâche fait surgir la peur, comme dans l'armée, les mines, le bâtiment et les travaux publics…, où la peur *structure* le travail lui-même ; soit lorsque le rapport à la tâche est *pollué* par la peur, comme dans la menace à la précarisation utilisée, *larga manu,* dans les « grands établissements industriels » d'aujourd'hui.

1. J. Torrente consacre actuellement une importante recherche à l'analyse du « travail atroce ». Les discussions que j'ai eues avec lui sont pour une bonne part à l'origine de cet essai.

La peur, en effet, est d'abord et avant tout un vécu subjectif et une souffrance psychologique. Cette souffrance, lorsqu'elle atteint un certain degré, devient incompatible avec la poursuite du travail. Pour pouvoir continuer de travailler malgré la peur, il faut élaborer des stratégies défensives contre la souffrance qu'elle impose subjectivement. Ces défenses ont été amplement analysées par la psychodynamique et la psychopathologie du travail depuis une vingtaine d'années. La participation à ces stratégies défensives est rendue nécessaire pour conjurer le risque que la souffrance n'entraîne le sujet dans la crise psychique et la maladie mentale. Ainsi les stratégies de défense apparaissent-elles comme bénéfiques, en première intention, même si elles occasionnent parfois un gauchissement des conduites, dans un sens insolite pour le profane : conduites aberrantes ou paradoxales, souvent dénoncées dans la littérature managériale, parce qu'elles nuisent parfois à la qualité du travail, à la sécurité et à la sûreté.

Vouées à l'« adaptation psychologique » et mises au service de la rationalité des conduites par rapport à la préservation de soi, elles peuvent avoir d'autres effets, dans le registre moral-politique. S'agissant de la lutte contre la peur, elles peuvent devenir, comme nous l'avons montré dans cet essai, un moyen efficace d'atténuation de la conscience morale et de « compliance » à l'exercice du mal. Comme si la rationalité morale ployait devant les exigences de la rationalité pathique.

La psychodynamique du travail insiste sur la contribution de la rationalité pathique à la construction des conduites humaines collectives. Dans cette perspective, elle suggère que le rapport entre violence et souffrance n'est pas celui que l'on admet généralement en philosophie. Selon les conceptions conventionnelles, la violence crée la souffrance de celui qui la subit, douleur et souffrance étant le terme d'un processus dont le point de non-retour est la mort. L'analyse de la rationalité pathique suggère que *la violence et l'injustice commencent toujours par engendrer, d'abord, un sentiment de peur*. La peur est une souffrance, mais celle-ci ne marque nullement le terme du processus initié par l'exercice de la violence. La peur peut aussi être un point de départ : le point de départ de stratégies défensives contre la souffrance d'avoir peur, que la philosophie ignore, parce qu'elle méprise la peur.

Dans la philosophie morale, la peur est du côté du mal, elle est condamnable comme l'est la fuite. La psychodynamique du travail plaide contre la condamnation univoque de la peur et de la fuite. La tradition philosophique oppose à la peur le courage, qui est la réponse de la vertu et de la raison à la peur. La psychodynamique du travail suggère que, face à la peur, sont aussi construites des réponses défensives qui relèvent de la rationalité pathique et non de la seule raison morale. Elle suggère aussi que certaines stratégies défensives contre la peur peuvent pervertir le courage ; et que, parmi elles, certaines peuvent avoir des conséquences tragiques. Car elles génèrent parfois, à leur tour, des conduites collectives qui peuvent être mises au service du mal et de la violence, à ce point qu'on puisse légitimement se demander si la peur (qui peut d'ailleurs naître en l'absence de violence et de menace réelle et actuelle) ne serait pas ontologiquement antérieure à la violence, contrairement à l'idée selon laquelle la violence serait première et serait à l'origine du malheur des hommes.

En d'autres termes, l'éthique propose une réponse globale : le courage, c'est-à-dire ne pas avoir peur. Cette réponse paraît insuffisante. Elle devrait aussi être segmentée et donner lieu à des précisions concernant chaque étape d'un processus qui, bien que relevant de la rationalité pathique, offre quelques prises pourtant à l'exercice de la raison éthique.

On ne peut escompter de réaction individuelle et collective à l'injustice infligée à autrui – sur le mode de la solidarité ou de l'action politique – que si la souffrance et le sens de cette souffrance sont accessibles aux témoins. En d'autres termes, la mobilisation dépend d'abord de la nature et de l'intelligibilité du drame que vit la victime de l'injustice, de la violence et du mal. Mais le sens du drame est encore insuffisant pour mobiliser une action collective contre la souffrance, l'injustice et la violence. Pour la déclencher, il faut non seulement que le drame et l'intrigue soient compréhensibles, il faut encore qu'ils rencontrent la souffrance du témoin, qu'ils suscitent sa compassion. Alors seulement la souffrance génère-t-elle une souffrance chez le sujet qui perçoit. C'est un élément essentiel à l'implication et à la formation d'une volonté d'agir contre l'injustice et la souffrance infligées à autrui. La compassion ne dépend pas seulement de la nature du drame mais des moyens qui sont mis en œuvre pour émouvoir le témoin, pour atteindre sa sensibilité. Est alors en cause la dramaturgie ou la rhétorique de présentation, ou encore la « mise en scène » (au sens que Goffman [1973] donne à cette expression), du drame à comprendre.

Ainsi l'analyse du processus de banalisation du mal, grâce auquel les braves gens, dotés pourtant d'un sens moral, se font enrôler au service de l'injustice et du mal contre autrui, révèle-t-elle l'importance de la dimension subjective-pathique dans l'organisation de leurs conduites. Aussi cette analyse plaide-t-elle pour que l'on admette l'existence d'une *« rationalité pathique »* qui devrait être habilitée jusque dans la théorie de l'action et dont la méconnaissance ou la sous-estimation explique peut-être les difficultés rencontrées dans nos sociétés à vaincre l'extraordinaire tolérance sociale à l'aggravation de l'injustice et du malheur dont est victime une part grandissante de nos concitoyens.

L'analyse à laquelle nous avons procédé dans cet essai conduit à des conclusions inhabituelles sur ce qu'il en est de la nature de l'action[2]. L'action a une structure triadique : action, travail et souffrance y sont indéfectiblement intriqués, même si chacun des trois termes est irréductible aux deux autres.

L'action, pour acquérir sa forme concrète et atteindre à l'efficacité, a nécessairement besoin du travail. La *praxis*, en d'autres termes, ne peut pas se passer de la *poïésis*. À l'inverse, contrairement à ce que posent la tradition philosophique et la théorie de l'action, le travail ne relève pas que de la *technè*. Le travail, dans la mesure où il implique la coopération volontaire des agents, convoque aussi ceux qui travaillent à investir la construction de

2. Par action, nous entendons ici l'action morale ou politique, celle qui relève en propre de la *praxis*, et qui suppose à la fois la délibération, le choix entre divers possibles, ainsi que le risque de l'erreur, et enfin l'orientation vers autrui ou le fait qu'elle implique autrui dans le monde social (et pas seulement autrui dans le monde privé).

règles qui ne jouent pas un rôle seulement vis-à-vis du travail, mais aussi du vivre-ensemble. Car travailler, c'est non seulement se livrer à une *activité*, c'est aussi établir des relations avec autrui. Ainsi la *poïésis* convoque-t-elle parfois la *phronésis* sur le théâtre du travail.

À ne pas reconnaître l'intrication de l'action et du travail, la théorie se prive des moyens analytiques nécessaires pour comprendre le consentement et la collaboration des masses à l'exercice du mal. En effet, si action et travail ne sont pas *conceptuellement* réductibles l'une à l'autre, les deux termes peuvent *en situation* subir un processus de réduction, lorsque certaines conditions particulières sont réunies.

Toute action implique une part de travail, mais le sujet de l'action peut se trouver tellement occupé par ce qu'exigent de lui le travail et l'activité qu'il y perd son rapport conscient à l'action. Cela dit, il peut aussi choisir, pour des raisons qui ne ressortissent ni au travail ni à l'action, de réduire son champ de conscience à la dimension poïétique, afin de ne plus être disponible à la dimension proprement praxique. L'action implique l'activité, et la réduction de l'action à l'activité peut ne pas résulter du surmenage, de l'abrutissement ou de l'épuisement, mais d'une stratégie défensive contre la souffrance dans l'action, stratégie défensive qui consiste à réduire volontairement le champ de conscience à l'activité.

Non seulement action et travail sont indissociables, mais il manque encore un terme pour achever la triade : la souffrance. Celui qui agit prend des risques : se tromper, commettre une erreur, échouer, être déshonoré, être passible d'une sanction, être démasqué, être condamné, etc. À ces risques répond un vécu subjectif relevant du pathique : pour lutter contre la peur et atténuer sa souffrance, sans se soustraire pourtant à l'action engagée, le sujet peut recourir à des stratégies défensives. Celles-ci passent souvent par le rétrécissement de la conscience obtenu par le truchement d'une réduction de l'action à l'activité. Agir, c'est donc travailler, mais c'est aussi souffrir. A ne pas vouloir prendre en considération la dimension charnelle-subjective de l'action, la réflexion philosophique n'a pas les instruments indispensables pour comprendre non seulement de quoi est faite la monstruosité d'Eichmann, mais surtout comment il est possible d'entraîner progressivement la majorité des hommes d'une nation à infliger l'injustice, la souffrance et la violence à autrui, et à se conduire, *a minima aut ad libitum*, comme Eichmann, en faisant taire le sens moral.

Encore une fois cela ne signifie pas qu'ici la rationalité pathique de l'action évince la rationalité morale-pratique, ni que l'analyse doive se déplacer de la théorie politique à la théorie psychopathologique, comme ont tendance, il est vrai, à le faire trop souvent les psychologues et singulièrement les psychanalystes. Non ! Il s'agit au contraire de comprendre comment le pathique parvient à acquérir une emprise sur la conscience morale et à en gauchir le fonctionnement, non pas à la supplanter.

C'est que l'action n'est pas seulement morale. Elle doit, pour advenir, s'incarner, et il manque souvent à la philosophie de l'action une théorie de l'incarnation, au sens particulièrement pertinent où ce concept a été proposé par Fernandez-Zoïla (1995).

Hannah Arendt, dont les travaux sur la banalité du mal ont inspiré cet essai, oppose, dans *The Human Condition* (1958), l'action à l'œuvre et surtout au travail.

L'analyse à laquelle nous avons procédé conduit à prendre appui sur cette opposition, pour tenter de la dépasser. L'opposition *analytique* conserve sa totale pertinence même lorsque nous parvenons au terme de l'investigation du processus de banalisation du mal en situation de travail. En revanche, du point de vue théorique, la philosophie de l'action gagnerait à ne pas hypostasier les termes que l'analyse disjoint, et à ne pas perdre de vue l'intrication, voire la *synthèse*, entre travail et action que suggère l'investigation clinique du monde ordinaire.

Par rapport à la conception arendtienne de l'action, nous serions tenté de demander de ne plus exclure de l'analyse la *dimension pathique*. L'action, en effet, n'est jamais pure. Elle implique toujours une part de passion que le théoricien tend à euphémiser et dont, pourtant, les incidences sont majeures sur l'exercice de la raison pratique. L'action – c'est du moins ce pour quoi plaide l'analyse de la banalisation du mal – est toujours une *triade* : action, activité et passion. Pas d'action conséquente sans travail, et pas d'action sensée sans souffrance. Celui qui veut agir rationnellement doit se préparer à travailler. Il doit aussi être capable d'endurer la souffrance, car, pour agir, il faut aussi être en mesure de supporter la passion et d'éprouver la compassion, qui sont à la source même de la faculté de penser ou, comme le dirait Hannah Arendt, de « la vie de l'esprit ».

Postface

Depuis la publication de ce livre en 1998, le matériel empirique qui a servi d'appui à l'analyse des ressorts subjectifs de la servitude en régime néolibéral a été assez largement diffusé.

Ce nouveau regard sur le monde du travail et la sensibilité accrue de l'espace public à la souffrance au travail sont en partie dus à ce livre, mais surtout au travail accompli depuis lors par des documentaristes, des artistes (en particulier des cinéastes), des auteurs de théâtre et des romanciers qui se sont penchés avec talent et acuité sur la condition humaine au travail. Ce nouveau regard est aussi, pour une part, le fait de certains journalistes qui ont procédé à des enquêtes plus approfondies que naguère sur la vie au travail, en particulier après les suicides en série dont ils se sont fait l'écho auprès du public, au cours de l'année 2007.

Et, de fait, ces suicides scandent lamentablement la progression du désastre qui frappe le monde du travail depuis une bonne vingtaine d'années, confirmant *de facto* les craintes que j'avais exprimées il y a dix ans.

Entretemps, un autre phénomène a fait beaucoup plus de bruit dans l'espace public que mon livre, c'est celui qui l'a suivi de peu sous la plume de Marie-France

Hirigoyen, *Le Harcèlement moral*. Un autre essai antérieur au mien de deux ans, celui de Viviane Forrester, *L'Horreur économique*, a aussi eu un impact, considérablement plus important que *Souffrance en France,* sur les débats dans l'espace public. Ces deux ouvrages ne sont pourtant pas du tout semblables.

Le livre de Viviane Forrester dénonce principalement la raison économique comme origine des dégâts dont pâtit la société, cependant que celui de Marie-France Hirigoyen met en exergue un nouveau fléau : le harcèlement au travail et les agresseurs dont les caractéristiques psychologiques sont dûment analysées.

L'analyse que je propose dans *Souffrance en France* se distingue de celle de Marie-France Hirigoyen en ceci que le harcèlement moral n'est pas, me semble-t-il, un phénomène nouveau. Le harcèlement est aussi vieux que le travail, il sévissait déjà dans l'Antiquité contre les esclaves, sous l'Ancien régime contre les serfs, sous le colonialisme contre les indigènes, sous le capitalisme industriel du XIXe siècle contre les hommes, les femmes et les enfants.

En revanche, il est certain qu'hommes et femmes sont beaucoup plus souvent aujourd'hui que naguère psychiquement défaits par le harcèlement.

À quoi alors rattacher l'accroissement incontestable des pathologies mentales générées par le travail, si le harcèlement et l'horreur économique, qui régnaient sur le monde du travail depuis longtemps déjà, ne peuvent être retenus comme causes suffisantes ?

Force est d'aller voir si, contre les effets délétères de la souffrance et de l'injustice sur la santé mentale, les ressources en termes de protections et de défenses ne se seraient pas affaiblies.

Et de fait il faut bien admettre que les protections ont tendance à s'effriter par rapport à ce qu'elles étaient avant le tournant néolibéral : le droit du travail est plus souvent que jadis contourné ou violé, avant d'être franchement remis en cause sous la pression du Mouvement des entrepreneurs de France (MEDEF) et de son programme dit de « Refondation sociale » élaboré dans les années 2000 avec l'aide de Ewald et Kessler (2000). La vulnérabilité psychologique à l'injustice est indubitablement aggravée par le sentiment qu'ont les individus de n'être plus régulièrement protégés par les institutions, par le droit, voire par l'idéologie. Le recul du droit est indiscutable, mais est-il suffisamment brutal pour rendre compte d'une vulnérabilité qui était déjà patente avant les coups de boutoir portés dans les années 2000 ? L'aggravation des pathologies mentales au travail est bien antérieure à cette date dans la mesure où les bases empiriques sur lesquelles s'étayait *Souffrance en France* avaient été recueillies pendant les deux décennies précédentes.

Le processus de vulnérabilisation psychologique était donc antérieur, et il fallait aller le chercher du côté des transformations de l'organisation du travail, puisque au plan théorique la psychodynamique du travail a établi que les effets délétères du travail sur la santé mentale sont électivement associés à l'organisation du travail.

C'est quelques années après la parution de *Souffrance en France* que j'ai pu cliniquement identifier ce qui, dans l'organisation du travail, possédait un pouvoir aussi ravageur. Au cours des années 1980, en effet, parmi les nouvelles formes d'organisation du travail et de direction des entreprises, ont été introduites des méthodes dont il n'était pas possible de prévoir les effets psychologiques dévastateurs ; à savoir l'*évaluation individualisée des performances* d'une part ; les prescriptions de *qualité totale* d'autre part.

1 – *L'évaluation individualisée des performances* n'a pris l'essor qu'elle connaît actuellement qu'avec la diffusion de l'informatique et la multiplication extraordinaire des terminaux d'ordinateur qui tendent à équiper presque tous les postes de travail aujourd'hui, aussi bien dans l'industrie que dans le commerce et les services.

Or l'évaluation individualisée provoque, et c'est d'ailleurs un des objectifs affichés de la méthode, la concurrence généralisée entre les travailleurs. Lorsqu'à cette évaluation est associée une promesse de gratification en termes d'intéressement, de prime ou d'avancement, ladite concurrence prend souvent des formes sauvages entre individus.

A fortiori, lorsqu'à l'évaluation est associée une menace de déclassement, de mutation, de sanction, voire de licenciement, elle devient un puissant moyen d'introduire la peur dans les relations de travail. Le chacun pour soi devient la règle jusqu'à ce que tous les coups soient permis, y compris de nuire à ses collègues pour obtenir de meilleurs résultats qu'eux. Les coups bas, la rétention d'information, les fausses rumeurs, les conduites déloyales font bientôt leur entrée dans le travail ordinaire. La confiance s'étiole, la peur la remplace. Une part de l'activité de travail est désormais consacrée à se surveiller les uns les autres.

L'évaluation individualisée des performances sape tendanciellement la convivialité et met à mal les fondements du vivre ensemble : la solidarité est détruite et cela peut s'observer de bas en haut de la hiérarchie. Les cadres, y compris dans les chaînons les plus élevés, ne sont pas les derniers à céder à ces pratiques qui empoisonnent la vie ordinaire du travail.

Dans de nombreuses situations de travail, les collègues ne se parlent plus. L'attention à l'autre, le respect de l'autre, la prévenance et le savoir-vivre s'effacent.

À la place s'installe la solitude, et bientôt la désolation, au sens que ce terme a sous la plume de Hannah Arendt (1951). Le monde au sens arendtien, c'est-à-dire l'*inter-esse* (Arendt 1993), l'espace entre les hommes qui vivent ensemble, l'espace de la pluralité qui constitue le sol commun, disparaît – dé-sol-ation – (*lonelyness*). Le sens commun, le sens partagé de la justice, les références au bien, au juste et aux valeurs se dérobent, à tel point que nombre de travailleurs ne savent plus comment il convient de juger les conduites des autres et même les leurs propres.

Trois conséquences majeures résultent de l'installation de la solitude, de ce qu'Arendt désigne sous le terme de « progression du désert » :

– La première conséquence est *psychologique* : victime d'injustice ou de harcèlement caractérisé, un sujet isolé est beaucoup plus vulnérable que lorsqu'il bénéficie du soutien, voire de la solidarité des autres, comme c'était naguère encore souvent la règle dans de très nombreuses situations de travail, où ils permettaient de contenir les effets délétères des rapports de domination et de leurs dérives. Et l'investigation clinique montre que, plus que du harcèlement ou de l'injustice, ce qui fait le plus souffrir la victime, c'est précisément la défection des collègues, des pairs, des camarades, leur silence, leur refus de témoigner : leur trahison, en somme. Et c'est dans cette conjoncture que la décompensation a de fortes chances de se déclencher.

– La deuxième conséquence est relative au *pouvoir d'agir* dans le contexte de la désolation. Chacun peut se rendre compte que l'autre, le collègue, est capable de lâcheté ou de bassesse. Et l'autre de son côté fait également l'expérience que je suis, moi aussi, non fiable, que je suis un lâche et un couard. Dans un tel contexte, la désolation signifie la disparition des conditions de possibilité de l'action collective. S'engager dans une action de lutte, de protestation ou de résistance contre l'injustice ou l'arbitraire, implique des risques pour sa place, sa position, ses avantages, sa cote, son emploi… Et l'on ne prend le risque de s'engager dans une action collective que si l'on a suffisamment confiance dans la loyauté des autres, et si l'on a pour eux suffisamment d'estime et de respect. Aussi l'évaluation individualisée fonctionne-t-elle de façon redoutablement efficace contre les capacités de résistance et d'action.

– La troisième conséquence concerne la *qualité du travail* : l'individualisme forcené et le chacun pour soi, qui deviennent la règle dans le contexte de la désolation engendré par l'évaluation individualisée, nuisent au maintien d'un collectif de travail et à la coopération, tant horizontale que verticale, avec à terme aussi des conséquences sur la dégradation des compétences collectives, de la qualité du travail, de la sécurité des personnes et de la sûreté des installations.

2 – La « *qualité totale* » est d'abord un slogan publicitaire, bientôt transformé en contrainte pour obtenir les certifications (ISO 2 000, 9 000, 12 000, 13 001…) requises par la concurrence sur le marché. C'est ensuite une aberration théorique, car on sait depuis plus de quarante ans que le réel du travail – ce pourquoi l'organisation du tra-

vail a, et aura, toujours besoin du travail vivant, c'est-à-dire ce qui se fait connaître à celui-là qui travaille par la résistance du monde aux procédures, aux savoir-faire, à la maîtrise – le réel du travail, donc, est une dimension irréductible de tout procès de travail. C'est dire que précisément la qualité totale n'existe pas et n'existera jamais. Elle est en revanche un idéal dont on aurait tort de sous-estimer l'importance, comme référence utile pour orienter rationnellement l'activité de travail.

Mais déclarer la qualité totale, c'est inévitablement inviter chacun à dissimuler les incidents, les anomalies, les dysfonctionnements, les pannes, les défauts, etc., c'est-à-dire appeler à mentir.

La qualité totale est un slogan qui s'oppose à ce qu'on connaît sous le nom de « retour d'expérience », elle incite à la clandestinité et à la fraude.

La qualité totale occasionne de surcroît une masse de tâches supplémentaires et, de fait, une surcharge de travail.

Enfin, la qualité totale, en incitant plus ou moins ouvertement à frauder, amène de nombreux travailleurs à apporter leur concours à des pratiques d'*omertà* qui vont non seulement contre les règles de métier, mais contre les valeurs et l'éthique personnelles. Cette incitation à la fraude est aussi une incitation à se trahir soi-même et à collaborer à ce que moralement on réprouve.

Évaluation individualisée des performances et qualité totale se potentialisent pour provoquer la surcharge de travail. L'encadrement se déleste de la solidarité technique et déclare ouverte l'ère de l'autonomie, c'est-à-dire du regard exclusivement porté sur les résultats en termes de quantités mesurables, objectivement. Il suffit désormais de s'en tenir au contrat d'objectifs. Quant au chemin à parcourir pour atteindre lesdits objectifs, le n + 1 n'en veut plus rien savoir : autonomie prescrite = silence !

Le résultat patent, c'est l'explosion des pathologies de surcharge (*burn out*, *karôshi*, troubles musculo-squelettiques) dans tous les pays du Nord. C'est aussi l'inflation impressionnante des pathologies du harcèlement qui ne sont pas la conséquence du harcèlement comme on l'a vu, mais la manifestation la plus bruyante d'un monde du travail ravagé par la solitude, la peur et la désolation.

Enfin ce sont *les tentatives de suicide et les suicides* jusque sur les lieux de travail.

Le problème posé est nouveau dans la mesure où, par le passé, si le travail était en cause dans certains suicides – et il l'était sans doute –, les suicides ne se perpétraient pas sur les lieux de travail. Les premiers ont commencé peu de temps avant la publication de *Souffrance en France* à la fin des années 1990.

L'ampleur quantitative du phénomène n'est pas connue, car les enquêtes épidémiologiques n'avaient jusqu'alors jamais vu l'utilité d'introduire la variable travail dans l'investigation.

De fait, ces suicides soulèvent aussi des problèmes cliniques et théoriques extrêmement complexes, puisqu'ils remettent en cause les théories conventionnelles en matière d'étiologie du suicide et de psychopathologie.

Pour donner seulement une idée des questions soulevées, je mentionnerai que, dans nombre de cas dont j'ai eu personnellement à faire l'investigation (pour l'heure seul un cas a fait l'objet d'une publication ; Dejours, 2005), il s'avère que les travailleurs qui se suicident, contrairement à ce qu'on pouvait attendre, ne sont pas, en général, des sujets marginalisés, ni au plan social ni au plan professionnel. Au contraire, certains d'entre eux sont des sujets particulièrement brillants et reconnus comme tels dans leur milieu de travail, qui de surcroît font montre d'une solide surface sociale et bénéficient d'un entourage affectif et familial très stable et solide, n'ayant aucun antécédent psychiatrique avant la décompensation qui les conduit au geste ultime. Pour certains d'entre eux, la décompensation se condense exclusivement dans l'acte de suicide.

L'élucidation étiologique de ces suicides est en cours et, si elle n'est pas encore achevée, il est facile de prévoir que l'analyse conduira inévitablement à la conclusion que le rapport au travail joue ici le rôle déterminant.

Vaine serait toute tentative d'euphémiser la gravité de ce qu'indiquent ces suicides sur la dévastation du monde humain dans le travail contemporain et sur la dégradation de la « condition de l'homme moderne » qui, à bien des égards, est pire que ce que l'analyse de Hannah Arendt laissait présager.

Pourtant, il convient ici de le réaffirmer une fois encore : cette évolution n'est pas inéluctable. L'évaluation individualisée des performances a des effets désastreux. De surcroît, elle repose sur des bases scientifiques erronées (Dejours, 2003). Et, si elle est mise en œuvre en dépit de ses aberrations et de ses apories, c'est parce que nous ne faisons pas que la subir contre notre gré. Ladite méthode, comme toute organisation du travail, n'échappe pas aux obstacles que lui oppose le réel. La méthode ne passe pas seulement en force et son succès ne peut pas être mis au seul compte de l'obéissance. Si tel était le cas, c'est-à-dire si chacun se contentait en matière d'évaluation d'obéir aux prescriptions, cette dernière serait depuis longtemps tombée en panne. Elle passe en force grâce au zèle de ceux qui évaluent les subordonnés, tout en sachant que c'est au prix d'arrangements aberrants, et parce que les autres acceptent de donner leur concours à leurs supérieurs pour se faire évaluer, quand bien même ils font l'expérience de l'irrationalité de cet exercice rituel.

Si ce commentaire n'est pas erroné, il faudra bien un jour ou l'autre que l'évaluation individualisée des performances soit non seulement largement critiquée, mais qu'elle soit à la fin abandonnée.

À ce point de l'analyse, il convient tout de même d'attirer l'attention sur le fait que la critique sans concession des méthodes d'évaluation en cours concerne les évaluations objectives, c'est-à-dire celles qui se réclament de la *mesure quantitative et objective* du travail, des performances ou des compétences.

Toute évaluation n'est pas en soi aberrante. Seule l'évaluation quantitative et objective est fausse en son principe. L'évaluation au sens noble du terme, c'est-à-dire l'évaluation comme *épreuve de jugement* qualitative, portant sur la qualité du travail accompli, non seulement individuellement cette fois, mais en accordant la place qui lui revient de droit à l'évaluation des compétences collectives (du Tertre, 2008), cette évaluation-jugement est légitime. Non seulement sur le plan scientifique mais aussi sur le plan psychologique. Car l'évaluation entendue dans son sens noble s'inscrit à part entière dans la psychodynamique de la reconnaissance, laquelle est précisément au principe même de la transformation de la souffrance en plaisir, qui peut dans certaines conditions profiter non seulement à l'accroissement de l'identité et de la santé mentale, mais plus fondamentalement encore à l'accomplissement de soi par le travail.

Ce n'est pas le lieu dans cette postface d'aller plus avant dans ces investigations, car les expérimentations sont encore à l'état d'ébauche. Mais il sied d'y faire allusion pour insister une fois de plus sur cette conclusion qui n'a certes pas encore fait ses preuves, et tant s'en faut : les nouvelles formes d'organisation du travail dont se nourrissent les systèmes de gouvernement néolibéral ont des effets dévastateurs sur notre société tout entière. Elles menacent effectivement notre cité et nous ont déjà fait faire un pas significatif vers la décadence, c'est-à-dire vers le découplage tragique entre le travail ordinaire et la culture (si, par culture, on entend les diverses modalités par le truchement desquelles les êtres humains s'efforcent d'honorer la vie). Il n'empêche ! Même si, sous la loupe de la clinique, ladite décadence est d'ores et déjà commencée, la réorientation dans une direction s'accordant mieux avec la vie est possible. Mais il faut d'abord la penser dans ses principes, puis l'expérimenter. Il faut ensuite la vouloir, et cela ne se fera pas sans l'appui des institutions et du droit, c'est-à-dire sans que l'organisation du travail soit reconnue et traitée, enfin, comme un problème politique à part entière, qui n'est réductible à aucun autre.

Bibliographie

Anscombe G. E. M. (1979) : « Under a Description », in *The Collected Philosophical Papers*, vol. 2 : *Metaphysics and the Philosophy of Mind*, Oxford, Basil Blackwell.

Arendt H. (1950) : « Social Science, Technics and the Study of Concentration Camps », *Jewish Social Studies*, 12, p. 49-64. Traduction française : *Auschwitz et Jérusalem*, Paris, Deux temps/Tierce, 1991.

Arendt H. (1951) : *The Origins of Totalitarism*, New York, Harcourt, Brace and World Inc. Traduction française : *Le Système totalitaire. Les origines du totalitarisme*, Paris, Seuil, (p. 225).

Arendt H. (1958) : *The Human Condition*, University of Chicago Press. Traduction française : *Condition de l'homme moderne*, Paris, Calmann-Lévy, 1961.

Arendt H. (1963) : *Eichmann in Jerusalem*, New York, The Viking Press. Traduction française : *Eichmann à Jérusalem. Rapport sur la banalité du mal*, Paris, Gallimard, 1966.

Arendt H. (1969) : *Crises of the Republic*, New York, Harcourt Brace Jovanovich. Traduction française (par G. Durand) : *Du mensonge à la violence*, Paris, Calmann-Lévy, 1972.

Arendt H. (1978) : *The Life of the Mind*, New York et Londres, Harcourt Brace Jovanovich. Traduction française (par L. Lotringer) : *La Vie de l'esprit*, Paris, PUF, 2 tomes, 1981 et 1983.

Arendt. H. (1993) : *Was ist Politik ?*, Munich, R. Piper GmbH & CoKG. Traduction française : *Qu'est-ce que la politique ?*, Paris, Éditions du Seuil, 1995, p. 136-139.

Begoin J. (1957) : *La Névrose des téléphonistes et des mécanographes*, thèse, faculté de Médecine, Paris.

Birraux C. (1995) : *Rapport sur le contrôle de la sûreté et de la sécurité des installations nucléaires*, Office parlementaire d'évaluation des choix scientifiques et technologiques.

Böhle F., Milkau B. (1991) : *Vom Handrad zum Bildschirm*, Munich, Campus, Institut für Sozialwissenschaftliche Forschung e.v. ISF.

Boltanski L. (1993) : *La Souffrance à distance*, Paris, Anne-Marie Métailié.

Bonnafé L., Follin S., Kestemberg J., Kestemberg E., Lebovici S., Le Guillant L., Monnerot D., Shentoub S. (1949) : « La psychanalyse, idéologie réactionnaire » (article original paru dans *Nouvelle Critique*), extraits publiés in *Société française*, 23, 1987, p. 21-24.

Browning C. (1992) : *Ordinary Men*, New York, Harper & Collins. Traduction française : *Des hommes ordinaires. Le 101e bataillon de réserve de la police allemande et la Solution finale en Pologne* (préface de P. Vidal-Naquet), Paris, Les Belles Lettres, 1994.

Canino R. (1996) : « La sublimation dans la construction de l'identité sexuelle à l'adolescence », *Adolescence*, 14, p. 55-71.

Centre for Research on Social Inclusion / 2008 : http://www.crsi.mq.edu.au/Recognition/conf2007/audio.html

Clot Y. (1995) : *Le Travail sans l'homme ? Pour une psychologie des milieux de travail et de vie*, Paris, La Découverte.

Cottereau A. (1987) : « Justice et injustice ordinaires sur les lieux de travail d'après les audiences prud'homales (1806-1866) », *Le Mouvement social* 141, Paris, Les Éditions ouvrières, p. 3-8.

Cottereau A. (1988) : « Plaisir et souffrance, justice et injustice sur les lieux de travail, dans une perspective socio-historique », *in* Dejours C. (sous la direction de), *Plaisir et Souffrance dans le travail* (publié avec le concours du CNRS), Éditions de l'AOCIP, tome II, p. 37-82.

Cours-Salies P. (sous la direction de) (1995) : *La Liberté du travail*, Paris, Syllepse.

Crespo-Merlo A. R. (1996) : *Technologie de l'information, maladies du travail et contre-pouvoir ouvrier*, thèse de doctorat, université Paris-VII.

Daniellou F., Laville A., Teiger C. (1983) : « Fiction et réalité du travail ouvrier », *Les Cahiers français*, 209, p. 39-45, La Documentation française.

Davezies P. (1990) : « Travail et santé mentale : point de vue épistémologique », communication aux XXIèmes Journées de médecine du travail, Rouen, *Arch. mal. prof.*, 52, p. 282-286.

De Bandt J., Dejours C., Dubar C. (1995) : *La France malade du travail*, Paris, Bayard éditions, 207 p.

De Bandt J., Sipek K. (1979) : *Une structure industrielle optimale pour la France*, Paris, Éditions Cujas.

Dejours C. (1980) : « Travail : usure mentale », 4e édition revue et augmentée (2008), Paris, Bayard éditions, 1 vol., 300 p.

Dejours C. (1986) : *Le Corps entre biologie et psychanalyse. Essai d'interprétation comparée*, Paris, Payot.

Dejours C. (1988) : « Adolescence : le masculin entre sexualité et société », *Adolescence*, 6, p. 89-116.

Dejours C. (1992) : « Pathologie de la communication, situations de travail et espace public : le cas du nucléaire », *in* Cottereau A. et Ladrière P. (sous la direction de), *Raisons pratiques*, 3, p. 177-201, Paris, Éditions de l'École des hautes études en sciences sociales.

Dejours C. (1993 a) : « Intelligence ouvrière et organisation du travail », *in* Hirata H. (sous la direction de), *Autour du « modèle » japonais de production. Automatisation, nouvelles formes d'organisation et de relations de travail*, Paris, L'Harmattan, 303 p.

Dejours C. (1993 b) : « De la psychopathologie à la psychodynamique du travail », addendum à la 2e édition de *Travail, usure mentale*, Paris, Bayard éditions, 263 p. (p. 183-204).

Dejours C. (1994) : « Le travail comme énigme », *Sociologie du travail*, HS/94, p. 35-44.

Dejours C. (1995) : *Le Facteur humain*, Paris, PUF, « Que sais-je ? », 128 p.

Dejours C. (1996) : « "Centralité du travail" et théorie de la sexualité », *Adolescence*, 14, p. 9-29.

Dejours C., Doppler F. (1985) : « Organisation du travail, clivage et aliénation », *in* Dejours C., Veil C., Wisner A. (sous la direction de), *Psychopathologie du travail* (publié avec le concours du CNRS), Paris, Entreprise moderne d'édition.

Dejours, C. (2003) : « L'Évaluation du travail à l'épreuve du réel », *Critique des fondements de l'évaluation*, Versailles, INRA Éditions, « Sciences en questions » 84 p.

Dejours C. (2005) : « Nouvelles formes de servitude et suicide », Conférence CIPPT4, 14 mai 2004, Paris, *Travailler* 13, p. 53-74.

Dejours C. (sous la dir. de) (2007) : *Conjurer la violence. Travail, violence et santé*, Paris, Éditions Payot-Rivages.

Deranty J.-P. (2007) : « Repressed Materiality : Retrieving the Materialism in Axel Honneth's Theory of Recognition », in Deranty J.-P., Petherbridge D., Rundell J., Sinnerbrink R. : *Recognition, Work, Politics : New Directions in French Critical Theory*, Leiden-Boston, Brill, p 137-164.

Dessors D., Jayet C. (1990) : « Méthodologie et action en psychopathologie du travail. (À propos de la souffrance des groupes de réinsertion médico-sociale) », *Prévenir*, 20, p. 31-43.

Detienne M., Vernant J.-P. (1974) : *Les Ruses de l'intelligence. La* metis *chez les Grecs*, Paris, Flammarion.

Doniol-Shaw G., Huez D., Sandret N. (1995) : « Les intermittents du nucléaire », enquête STED sur le travail en sous-traitance dans la maintenance des centrales nucléaires, Toulouse, Éditions OCTARES.

Ewald F., Kessler D. (2000), « Les noces du risque et de la politique », *Le Débat* 109, p. 56-71.

Fernandez-Zoïla A. (1995) : *La Chair et les Mots*, Grenoble, La Pensée sauvage éditeur.

Flynn B. C. (1985) : « Reading Habermas, Reading Freud », *Human Studies*, 8, p. 57-76.

Forrester V. (1996) : *L'Horreur économique*, Paris, Fayard.

Freyssenet M. (sous la direction de) (1994) : « Les énigmes du travail », *Sociologie du travail*, HS 36, Dunod, 125 p.

Goffman E. (1973) : *The Presentation of Self in Every Day Life*, New York, Doubleday Anchor Books. Traduction française : *La Mise en scène de la vie quotidienne*, tome I : *La Présentation de soi*, Paris, Éditions de Minuit, 1973.

Gorz A. (1993) : « Bâtir la civilisation du temps libéré », in *Le Monde diplomatique*, 468, mars 1993, p. 13.

Habermas J. (1981) : *Theorie des kommunikativen Handels*, Francfort-sur-le-Main, Suhrkamp Verlag. Traduction française : *Théorie de l'agir communicationnel*, Paris, Fayard, 1987.

Henry M. (1965) : *Philosophie et Phénoménologie du corps*, Paris, PUF

Hilberg R. (1985) : *The Destruction of the European Jews*, New York, Holmes & Meier. Traduction française : *La Destruction des Juifs d'Europe*, Paris, Fayard, 1988.

Hirata H. (1993) : *Autour du « modèle » japonais de production. Automatisation, nouvelles formes d'organisation et de relations de travail*, Paris, L'Harmattan, 1 vol., 303 p.

Hirata H., Kergoat D. (1988) : « Rapports sociaux de sexe et psychopathologie du travail » *in* Dejours C. (sous la direction de), *Plaisir et souffrance dans le travail, op. cit.*, tome II, p. 131-176.

Hodebourg J. (1993) : *Le travail c'est la santé ? Perspectives d'un syndicaliste* (préface d'A. Wisner), Paris, Éditions sociales/V.O. Éditions, 240 p.

Honneth A. (1980) : « Arbeit und instrumentales Handeln. Kategoriale Probleme einer kritischen Gesellschaftstheorie », p. 185-233 in Honneth, A. et Jaeggi U., *Arbeit, Handlung, Normativität. Theorien des Historischen Materialismus* 2., Francfort-sur-le-Main, Suhrkamp Verlag,. 1980 ; traduction française, « Travail et agir instrumental. À propos des problèmes catégoriels d'une théorie critique de la société », *Travailler* 18, 2007, p. 17-57.

Huez D. (1997) : « Une situation de décompensation psychopathologique collective aiguë dans un service de 75 personnes », communication au Colloque international de psychodynamique et psychopathologie du travail, Paris, 30 et 31 janvier 1997, *Actes du CIPPT*, Paris, Laboratoire de psychologie du travail, CNAM, 2 tomes.

Kergoat J. (sous la direction de) (1994) : « Peut-on changer le travail ? » *Politis La Revue*, 7, p. 1-84.

Labbé C., Recassens O. (1997) : « Nucléaire rien ne va plus », *Sciences et Avenir*, avril, p. 77-92.

Ladrière P., Gruson C. (1992) : *Éthique et Gouvernabilité*, Paris, PUF.

Lallier M. (1995) : *Sous-traitance. Le cas du nucléaire*, Avoine (37420), Éditions du Syndicat CGT du CNP de Chinon.

Laplanche J. (1992) : *La Révolution copernicienne inachevée*, Paris, Aubier.

Laplanche J. (1997) : « Le prégénital freudien à la trappe », *Revue française de psychanalyse*, 61, p. 1357-1369.

Laplanche J., Pontalis J.-B. (1967) : *Vocabulaire de la psychanalyse*, Paris, PUF.

Leclaire S. (1975) : *On tue un enfant*, Paris, Éditions du Seuil, p. 25-50.

Le Guillant L. (1985) : *Quelle psychiatrie pour notre temps ?*, Toulouse, Éditions ERES.

Levi P. (1958) : *Se questo è un uomo*, Turin, Einaudi. Traduction française : *Si c'est un homme*, Paris, Julliard, 1987.

Levi P. (1986) : *I Sommersi e i Salvati*, Turin, Einaudi. Traduction française : *Les Naufragés et les Rescapés. Quarante ans après Auschwitz*, Paris, Gallimard, 1989.

Linhart R. (1978) : *L'Établi*, Paris, Éditions de Minuit.

Llory M., Llory A. (1996) : « Description gestionnaire et description subjective : des discordances (Le cas d'une usine de montage d'automobile) », *Revue internationale de psychosociologie*, 5, p. 33-52.

Mac Dougall J. (1982) : *Théâtres du je*, Paris, Gallimard.

Marty P. (1976) : *Mouvements individuels de vie et de mort. Essai d'économie psychosomatique*, Paris, Payot.

Marty P., de M'Uzan M. (1963) : « La pensée opératoire », *Revue française de psychanalyse*, 27, p. 345-356.

Meda D. (1995) : *Le Travail. Une valeur en voie de disparition*, Paris, Éditions Alto Aubier.

Mendel G. (1989) : *La Conduite des tranches nucléaires. La dimension des facteurs humains et son incidence sur la sûreté*, rapport d'étude pour EDF-GDF – Département ESF, 345 p.

Merleau-Ponty M. (1945) : *Phénoménologie de la perception*, Paris, Gallimard.

Messing K., Doniol-Shaw G., Haënjens C. (1993) : « Sugar and Spice : Health Effects of the Sexual Division of Labour Among Train Cleaners », *Int. J. Health Services*, 23 (1), p. 133-146.

Miller A. (1980) : *Am Anfang war Erziehung*, Francfort-sur-le-Main, Suhrkamp Verlag. Traduction française : *C'est pour ton bien*, Paris, Aubier, 1983.

Molinier P. (1995) : *Psychodynamique du travail et identité sexuelle*, thèse de psychologie, Paris, Conservatoire national des arts et métiers, 273 p.

Molinier P. (1996) : « Autonomie morale subjective et construction de l'identité sexuelle : l'apport de la psychodynamique du travail », *Revue internationale de psychosociologie*, 5, p. 53-62.

Morice A. (1996) : « Des objectifs de production de connaissances aux orientations méthodologiques : une controverse entre anthropologie et psychodynamique du travail », *Revue internationale de psychosociologie*, 5, p. 143-160.

Moscovitz J.-J. (1971) : « Approche psychiatrique des conditions de travail », *L'Évolution psychiatrique*, 36, p. 183-221.

Nyiszli M. (1961) : *Médecin à Auschwitz*, Paris, Julliard.

Paroles (coll.) (1994) : *Souffrances et précarité au travail. Paroles de médecins du travail*, Paris, Syros.

Ogilvie B. (2008a) : « La démocratie n'est pas un idéal », *Raison présente* : 116, p. 5-16.

Ogilvie B. (2008b) : « Travail et ontologie de la résistance », *Théoriques* : 1, p. 25-46.

Perechodnik C. (1993) : *Czy ja jéstem morderca ?*, Karta Publishing House. Traduction française : *Suis-je un meutrier ?*, Paris, Liana Levi, 1995.

Périlleux T. (1994) : *Expressions et interprétations des souffrances morales au travail*, mémoire de DEA de sociologie, École des hautes études en sciences sociales, Paris, 1 vol., 221 p.

Pharo P. (1996) : *L'Injustice et le Mal*, Paris, L'Harmattan, p. 17-62.

Pottier C. (1997) : « Oui, la mondialisation accroît le chômage et les inégalités », *Le Monde*, supplément « Initiatives », 4 novembre 1997, p.V.

Rebérioux M. (sous la direction de) (1989) : « Mouvement ouvrier et santé. Une comparaison internationale », *Prévenir*, 18 et 19.

Rebérioux M. (1993) : « La citoyenneté sociale », *Le Monde*, supplément « Initiatives », mercredi 21 avril.

Renault E. (2002) : « Brève histoire d'un concept contesté : la souffrance sociale », *Histoires et Sociétés*, Revue européenne d'histoire sociale, 4, p. 51-64.

Renault E., Sintomer Y. (sous la direction de) (2003) : *Où en est la théorie critique ?*, Paris, La Découverte.

Renault E. (2007) : « Reconnaissance et travail », *Travailler* 18, p. 119-135.

Renault E. (2008) : Souffrances sociales. Philosophie, psychologie et politique, Paris, La Découverte.

Revault d'Allonnes M. (1994) : « Vers une politique de la responsabilité. Une lecture de Hannah Arendt », *Esprit*, 202, p. 49-61.

Ricœur P. (1987) : « Individu et identité personnelle », in *Sur l'individu*, Paris, Éditions du Seuil, p. 54-72.

Schotte J. (1986) : « Le dialogue Binswanger-Freud et la constitution actuelle d'une psychiatrie scientifique », *in* Fédida P. (sous la direction de) : *Phénoménologie, psychiatrie, psychanalyse*, Paris, Écho-Centurion, p. 55-77.

Sigaut F. (1990) : « Folie, réel et technologie », *Techniques et Culture*, 15, p. 167-179.

Sigaut F. (1991) : « Aperçus sur l'histoire de la technologie en tant que science humaine », *Actes et Communications*, INRA, 6, p. 67-79.

Smoes E. (1992) : « Du mythe à la raison », *Autrement : Le Courage*, série « Morales », 6, p. 18-31.

Sofsky W. (1993) : *Die Ordnung des Terrors. Das Konzentrationlager*, Fischer Verlag. Traduction française : *L'Organisation de la terreur*, Paris, Calmann-Lévy, 1995, p. 38.

Stoller R. (1964) : « A Contribution to the Study of Gender Identity », *Int. J. Psycho-Anal*, 45, p. 220-226.

Supiot A. (1993) : « Le travail, liberté partagée », *Droit social*, 9/10, p. 715-724.

Du Tertre C. (2008) : « Services immatériels et relationnels : intensité du travail et santé », *Activités* 2, p. 37-49.

Thébaud-Mony A. (1990) : *L'Envers des sociétés industrielles. Approche comparative franco-brésilienne*, Paris, L'Harmattan.

Wallraff G. (1985) : *Ganz unten*, Cologne, Verlag Kiepenheuer und Witsch. Traduction française : *Tête de Turc*, Paris, La Découverte, 1986.

Welzer-Lang D. (1991) : *Les Hommes violents*, Paris, Lierre et Coudrier Éditeur.

Wisner A. (1995) : « Situated Cognition and Action : Implications for Ergonomic Work Analysis and Anthropotechnology », *Ergonomics*, 38, p. 1542-1557.

Zerbib J.-C. (1992) : « Ce qui a pu se passer à Forbach », *Santé-Travail*, 3, p. 12-19.

Rapports d'étude du Laboratoire de psychologie du travail

Davezies P., Bensaid A., Canino R. (1993) : *Les répercussions des réformes de structure sur les agents de la distribution. Agence EDF-GDF de Villejuif*, rapport d'enquête de psychodynamique du travail (confidentiel), 33 p.

Davezies P., Molinier P. (1993) : *Rapport sur la souffrance des intervenants de l'Agence nationale pour l'amélioration des conditions de travail*, rapport d'enquête de psychodynamique du travail (confidentiel), 34 p.

Dejours C. (1991) : *Rapport sur l'analyse des rapports santé mentale/travail chez les opérateurs de la maintenance des centrales nucléaires. Convention avec le Centre de production nucléaire de Chinon* (confidentiel), 42 p.

Dejours C. (1993) : *Commentaire scientifique des trois rapports d'enquête de psychodynamique du travail réalisés à la demande du CNHSCT d'EDF-GDF* (rapport confidentiel), 8 octobre, 25 p.

Dejours C., Dessors D. (1993) : *Répercussions des réformes de structure sur les agents de la distribution (Sambre-Avesnois)*, rapport d'enquête de psychodynamique du travail (confidentiel), présenté au CNHSCT le 25 mars 1993, 35 p.

Dejours C., Jayet C. (1991) : *Psychopathologie du travail et organisation réelle du travail dans une industrie de process*, rapport ronéoté, Ministère de la Recherche, comité Homme-Travail-Technologie, 50 p.

Dejours C., Torrente J. (1995) : *Analyse comparative de l'organisation du travail dans une maison de retraite : sociologie des organisations et psychodynamique du travail*, rapport ronéoté, MIRE (n° 26/93), convention CGT-CNRS, 150 p.

Dessors D., Billiard I., Cru D., Davezies P. (1993) : *Les répercussions des réformes de structure sur les agents de la distribution (agence Sambre-Avesnois)*, rapport d'enquête de psychodynamique du travail (confidentiel), 23 p.

Dessors D., Guiho-Bailly M.-P. (1996) : *Enquête de psychodynamique du travail menée avec les assistantes sociales des personnels de l'éducation nationale*, rapport ronéoté (confidentiel), Convention : Éducation nationale/NEB (n° SAIMAFOR : JPEA50B), début 1994-fin 1996, 27 p.

Dessors D., Jayet C. (1988) : *Rapport d'enquête de psychopathologie du travail auprès de l'équipe de réinsertion d'un centre médico-social* (confidentiel), 32 p.

Dessors D., Torrente J. (1996) : *Enquête de psychodynamique du travail auprès des agents d'encadrement de l'INSEE (réunis autour du projet MVRH de soutenir l'insertion de salariés en situation d'échec au travail)*, rapport ronéoté (confidentiel), INSEE, Convention INSEE/AOCIP, début 1994-fin 1996, 23 p.

Llory M., Llory A., Dejours C. (1994) : *L'acceptabilité sociale des chaînes à 60 véhicules/heure* (rapport confidentiel), 60 p.

Molinier P., Dessors D. (1993) : *Les répercussions des réformes de structure sur les agents de la distribution (agence EDF-GDF de Villejuif)*, rapport d'enquête de psychodynamique du travail (confidentiel), juillet, 46 p.

Molinier P., Flottes-Lerolle A. (1997) : *Enquête de psychodynamique du travail. Les répercussions des réformes de structures sur la santé des agents du centre de distribution EDF-GDF Lorraine Trois-Frontières*, rapport ronéoté (confidentiel), Convention : EDF-GDF /NEB.

Index

Index thématique

Action, IX, 15, 24, 26-28, 44, 113, 204-208, 214.

Aliénation, 39, 46, 47, 140, 201.

Banalisation du mal, VIII, 22-24, 29, 56, 107, 115, 136, 141, 142, 154-158, 171, 176, 181-184, 191-196, 198-200, 207, 208.

Descriptions gestionnaire et subjective, 64, 67-70, 98.

Domination, VI, 15, 114, 119-121, 139, 140, 152, 153, 198, 200, 201, 213.

Endurance, 60, 62, 66, 144, 150, 188.

Guerre économique, III, 9-16, 129, 134, 168, 190.

Identité, 19, 40, 41, 113, 123, 125, 218.

Injustice, III, X, 17-21, 26-28, 45, 70, 101, 103-106, 123, 143, 144, 154, 192, 201.

Mal, VIII, IX, 22, 23, 44, 105-109, 111, 118, 124, 140-142, 153, 165-167, 191, 192, 195-197, 202-204, 206.

Menace, 9, 65, 71, 72, 76, 77, 86, 102, 106, 107, 146.

Normopathie, 164, 165, 168-170, 179, 196.

Pathique, 41, 57, 113, 116-118, 194, 202-205, 207, 208.

Peur, 17, 19, 30, 65, 67, 68, 71, 72, 76, 77, 107, 119, 121, 136, 143-145, 147-152, 169-171, 184-188, 194, 201-204, 212, 216.

Politique, II, VI, 15, 20, 22, 23, 25, 26, 28, 44, 46, 54, 176, 193, 194, 204, 219.

Psychodynamique du travail, III, 21, 22, 32, 43-44, 141, 147, 148, 169, 170, 211.

Psychopathologie du travail, III, 42, 47, 48, 140.

Reconnaissance, VI, 40, 41, 113, 120, 126, 139, 143, 144, 218.

Réel du travail, 32-34, 39, 69, 72, 85, 214-215.

Responsabilité, 20-24, 36-38, 133, 163, 164.

« Sale boulot », 109, 114, 115, 123-126, 128-133, 135, 136, 154.

Souffrance, VII, X, 15-17, 19-21, 26-32, 36, 37, 40-47, 50, 51, 54,

57, 71, 98, 99, 143, 144, 184-187, 205-207, 209, 212.

Stratégie de défense, 17, 22, 42-44, 118, 123-127, 140, 146-148, 150-152, 169-177, 181, 182, 184, 202-203, 210.

Subjectivité, III, V, VI, X, 47, 49, 50, 63, 64, 202, 205.

Sublimation, 140, 142, 143.

Suicide, II, VIII, X, 39, 55-57, 177, 209, 216-217.

Sujet, 16, 32, 58, 171, 206, 207.

Travail, I-X, 16-18, 31-33, 39-41, 45, 46, 51-53, 59, 64, 65, 142-148, 158, 171, 190-192, 200, 201, 205, 206, 209, 211, 214-215, 218.

Virilité, 114-123, 143-147, 150-152, 187-194.

Zèle, V, 33, 56, 73-78, 105, 126, 161, 195, 218.

Index des auteurs

Anscombe, G., 64.
Arendt, H., VII-VIII, 22, 24, 25, 124, 142, 155, 156, 158, 159, 165-167, 170, 171, 174, 192, 195, 207, 208, 213, 217.
Begoin, J., 42, 47.
Birraux, A., 67.
Böhle, F., 34, 85.
Boltanski, L., 194.
Bonnafé, L., 48.
Browning, C., 112, 121, 142.
Canino, R., 190.
Clot, Y., 81.
Cottereau, A., VI, 139, 140.
Cours-Salies, P., 52.
Crespo-Merlo, A., 46.
Daniellou, F., 32, 81.
Davezies, P., 85.
De Bandt, J., 25, 52.
Deranty, J.-P., VII.
Dessors, D., 31, 129.
Detienne, M., 34.
Doniol-Shaw, G., 67, 193.
Doppler, F., 169.
Dubar, C., 52.
Ewald, F., 211.
Fernandez-Zoïla, A., 207.
Flynn, B., 20.
Forrester, V., 210.
Freyssenet, M., 52.
Goffman, E., 204.
Gorz, A., 53.
Gruson, C., 14.
Habermas, J., VII, 82, 84, 93.
Henry, M., 33.
Hilberg, R., 201.
Hirata, H., 67, 146, 187.
Hirigoyen, M.-Fr., 209-210.
Hodebourg, J., 47.
Honneth, A., VI-VII.
Huez, D., 67, 177.
Jayet, C., 129.
Kergoat, D., 146, 187.
Kergoat, J., 52.
Kessler, D., 211.
Labbé, C., 67.
Ladrière, P., 14.
Lallier, M., 91.
Laplanche, J., 115, 119, 120.
Laville, A., 32, 81.
Leclaire, S., 145.
Le Guillant, L., 21, 47.
Levi, P., 77, 182, 197, 199.
Linhart, R., 46.
Llory, A., 64.
Llory, M., 64.
Mac Dougall, J., 164.
Marty, P., 165.
Meda, D., 53.
Mendel, G., 34.

Messing, K., 174.
Milkau, B., 34, 85.
Miller, E., 190.
Molinier, P., 120, 129, 146, 188-189.
Morice, A., 15.
Moscovitz, J.-J., 47.
M'Uzan, M., 165.
Nyiszli, M., 77.
Ogilvie, B., V.
Paroles, 193.
Perechodnik, C., 77, 173-174.
Périlleux, T., 194.
Pharo, P., VIII, 44, 57, 194, 195.
Pontalis, J.-B., 115.
Pottier, C., 53.
Rebérioux, M., 46, 54.
Recassens, O., 67.
Renault, Emm., VI.
Revault d'Allonnes, M., 25.
Ricœur, P., 125.
Sandret, N., 67.
Schotte, J., 164.
Sigaut, F., 39, 81.
Sipek, V., 25.
Smith, N., VII.
Smoes, E., 187.
Sofsky, W., 66, 68, 157, 174.
Stoller, R., 119.
Supiot, A., 28.
Teiger, C., 32, 81.
Térence, 172.
Thébaud-Mony, A., 141.
Torrente, J., 31, 79, 201.
Vernant, J.-P., 34.
Wallraff, G., 193.
Welzer-Lang, D., 193, 194.
Wisner, A., 81.
Zerbib, J.-C., 136.

Remerciements

Ce livre a été conçu à la suite d'une discussion dans un groupe de travail dirigé par Patrick Pharo au CERSES (Centre d'études et de recherche : Sens, Éthique et Société – EHESS – CNRS).

Mes remerciements vont d'abord aux membres de ce groupe : Simone Bateman-Novaes, Luc Boltanski, Véronique Nahoum-Grappe, Ruwen Ogien, Daniel Vidal. Mes remerciements vont aussi à mes collègues du Laboratoire de psychologie du travail du Conservatoire national des arts et métiers avec lesquels je suis en débat depuis des années. Nombre d'idées de ce livre me sont venues de la fréquentation d'autres chercheurs que je ne peux tous nommer ici, mais qui pour la plupart sont cités dans le cours du texte. À la générosité de Patrick Pharo et d'Alain Cottereau, je dois d'avoir pu élucider des points essentiels de l'analyse présentée dans ce texte, ce dont je leur suis profondément reconnaissant. Si tous m'ont apporté une aide inestimable, je précise que leur bienveillance ne doit pas être tenue pour une quelconque caution intellectuelle. Enfin, je tiens à exprimer toute ma gratitude à Virginie Hervé et à Danièle Guilbert.

Table

Préface I

Avant-propos 9

I – Comment tolérer l'intolérable ? 19

II – Le travail entre souffrance et plaisir 29

1 – La crainte de l'incompétence 32
2 – La contrainte à mal travailler.............................. 36
3 – Sans espoir de reconnaissance 39
4 – Souffrance et défense 42

III – La souffrance déniée 45

1 – Le déni des organisations politiques et syndicales. 45
2 – Honte et inhibition de l'action collective 50
3 – Émergence de la peur et soumission 59
4 – De la soumission au mensonge 68
a) Le maniement de la menace 71
b) La perplexité des cadres 78

IV – Le mensonge institué 81

1 – La stratégie de la distorsion communicationnelle 82
2 – Le mensonge proprement dit................................ 87

3 – De la publicité à la communication interne.......... 87
4 – L'effacement des traces 90
5 – Les médias de la communication interne 92
6 – La rationalisation... 96

V – L'acceptation du « sale boulot »..................... 101

1 – Les explications conventionnelles....................... 101
a) L'explication par référence à la rationalité stratégique 101
b) L'explication par référence à la criminologie et à la psychopathologie.............................. 104
2 – L'explication proposée : la valorisation du mal ... 106
a) Le mal dans les pratiques ordinaires de travail 106
b) Enrôler les braves gens 108
3 – Le ressort de la virilité.. 113

VI – La rationalisation du mal.......................... 123

1 – La stratégie collective de défense du « cynisme viril ».. 123
2 – L'idéologie défensive du réalisme économique ... 128
3 – Le comportement des victimes au service de la rationalisation.. 130
4 – La science et l'économie dans la rationalisation.. 133
5 – « Sale boulot », banalité du mal et effacement des traces 135

VII – Ambiguïtés des stratégies de défense 139

1 – L'aliénation.. 139
2 – Virilité *versus* travail 147
3 – Retour sur les stratégies collectives de défense.... 148

4 – Réversibilité des positions de bourreau
et de victime 151
5 – Retour sur le mal 153

VIII – La banalisation du mal 155

1 – Banalité et banalisation du mal 155
2 – Le cas Eichmann 158
3 – L'analyse des conduites d'Eichmann
du point de vue psychopathologique 162
4 – L'analyse des conduites d'Eichmann du point
de vue de la psychodynamique du travail 169
5 – La stratégie défensive individuelle
des « œillères volontaires » 172
6 – Limites des stratégies défensives et crise
psychopathologique 177
7 – Banalisation du mal : l'articulation des étages
du dispositif 178

IX – Requalifier la souffrance 185

1 – La virilité contre le courage 185
2 – Dé-banaliser le mal 192

X – Souffrance, travail, action 195

Postface 209

Bibliographie 221
Index thématique 235
Index des auteurs 237
Remerciements 239

Du même auteur

Travail, usure mentale
Centurion/Bayard éditions, 1980
5e édition, 2015

Psychopathologie du travail
(avec Claude Veil et Alain Wisner)
Entreprise moderne d'édition, 1985

Le Corps entre biologie et psychanalyse
Payot, 1986

Corps malade et corps érotique
(avec Michel Fain)
Maloine, 1987

Recherches psychanalytiques sur le corps
Répression et subversion en psychosomatique
Payot, « Science de l'Homme », 1989

La France malade du travail
(avec Jacques De Bandt et Claude Dubar)
Bayard éditions, 1995

Le Facteur humain
PUF, 1995
6e édition, 2014

Le Corps, d'abord
Corps biologique, corps érotique et sens moral
Payot, 2001
et « Petite bibliothèque Payot », 2003

L'Évaluation du travail à l'épreuve du réel
Critique des fondements de l'évaluation
INRA, 2003
QUAE, 2007

Conjurer la violence
Travail, violence et société
(direction)
Payot, 2007

Travail vivant
1. Sexualité et travail
2. Travail et émancipation
Payot, 2009
et « Petite bibliothèque Payot », 2013

Suicide et travail
Que faire ?
PUF, 2009

Les Dissidences du corps
Répression et subversion en psychosomatique
Payot, 2009

Observations cliniques
en psychopathologie du travail
(direction)
PUF, 2010

Psychopathologie du travail
(avec Isabelle Gernet)
Elsevier Massson, 2012

La Panne
Repenser le travail et changer la vie
(avec Béatrice Bouniol)
Bayard, 2012

Le Choix
Souffrir au travail n'est pas une fatalité
Bayard, 2015

Situations du travail
PUF, 2016

RÉALISATION : NORD COMPO, À VILLENEUVE D'ASQ
IMPRESSION : NORMANDIE ROTO IMPRESSION S.A.S, À LONRAI
DÉPÔT LÉGAL : AOÛT 2014. N° 116793-10 (2600578)
Imprimé en France